まるせい
ill いずみけい
Fランク冒険者の成り上がり
俺だけができる
《ステータス操作で
最強へと至る 1
モンスター文庫

「きゃっ、水が冷たいです」

「足を滑らせて転ばないようにな」
《ガーネット》
新人冒険者
《ティム》
Fランク冒険者

「別に構わないわよ。
だって、あんたはリアの――」
Cランク冒険者

「マロンっ!?」
《マロン》
Cランク冒険者

オリーブさんの
様子を見てみると、
彼女は本を読むのに
没頭しているのか、
こちらの視線に
気付く気配がなかった。
《オリーブ》
Bランク冒険者

『ファイアアロー』

Fランク冒険者の成り上がり～俺だけができる《ステータス操作》で最強へと至る～①

まるせい

MONSTER bunko

CONTENTS

プロローグ

「はぁはぁ……やっと倒せた」

俺は汗を拭うと、目の前に倒れているゴブリンの死体を見下ろす。

「とにかく、他のモンスターが現れる前に討伐部位を剥がないと……」

短剣を取り出すと急いで耳を剥ぐ。冒険者になって一年、こればかりやっているのだが、削ぎ落とす時の感触にはいまだに慣れることはなかった。


――ザザザザザッ――


「何……だ？」

一瞬、耳鳴りがして視界がぶれる。

これまでもモンスターを倒した後、何かが変化するような錯覚に見舞われることがあったが、今回は今までよりもはっきりとそれが感じられた。

他の冒険者に聞いたところ、この現象が起きた後は激的に強くなったり、新しいスキルが使えるようになったりするらしいのだが、俺には無縁の話だ。

何せ俺は、これまでの人生でスキルを得たことがないからだ。

「とりあえず、これで三日分の宿代にはなるかな？」

袋に入っているゴブリン討伐部位を数えるとくちを閉じる。

森の中をわけ入ってゴブリンを探し討伐する。冒険者になって一年、Fランクから上がれない俺ではこんな仕事しか受けることはできない。

「同期の連中には、Cランクになっているやつもいるのにな……」

冒険者ギルドへの登録ができるようになるのは十五歳からと決まっていて、国の支援もあり十五歳で登録する人間には、少しばかりの準備金と冒険者になるための研修を受けることができる。

皆はそこで一流の冒険者に師事し、武器の扱い方や魔法の使い方、罠の見破り方などなどスキルと呼ばれる技能を身に付けるために修練を積む。

スキルを覚え『見習い冒険者』の身分を卒業し、パーティーを組んで依頼をこなすのが一般的な流れだ。

俺はというと、色々教えてもらったにもかかわらず、剣も魔法も罠感知など何一つスキルを覚えることができなかった。

そのせいで、誰ともパーティーを組んでもらうことができず、いまだにこうしてFランク冒険者のまま、一人でこなせる依頼を受けている。

「だけど、俺だっていつか……」

冒険者という仕事には夢がある。平凡な両親から生まれた人間でも強くなれば周りから注目され、大金を得て地位や名誉も思いのまま。果てにはお姫様と結婚だってできるかもしれない。誰しもが思い描く英雄譚だ。

「……はぁ。その前にまずはランク上げだよな」

ところが現実の俺はそんな成功とは真逆の位置にいる。俺は溜息を吐くと、依頼料を受け取りに拠点にしているヴィアの街へと戻っていくのだった。

一章

「なんだこれ……？」

朝日覚めると、目の前に奇妙なモノが浮かんでいた。

半透明の画面で、透けた先に天井が見える。俺が泊まっている部屋の天井だ。

起き上がり、身体を動かしても半透明の画面が付いてくる。

放っておいても消える気配がなかったので、仕方なく触れてみることにした。

「なんか妙な感触だな……」

熱くもなく、冷たくもない。だが、確かにそこにあるとわかる感触が指に伝わってくる。

俺は改めて画面に書かれている内容を確認する。

名前：ティム　年齢：16　職業：見習い冒険者レベル20
筋力：25　敏捷度：30　体力：17
魔力：5　精神力：8　器用さ：18　運：20
ステータスポイント（ＳＴ）：１０５

スキルポイント（SP）：38
ユニークスキル：『ステータス操作』
スキル：『剣術1』

「これは、何なんだ？」

『見習い冒険者』というのは現在の俺の立場を表しているのはわかる。だがその下の『レベル』や他の数字はまったく意味がわからない。

ユニークスキルに『ステータス操作』とある。仮に今見えているこれが『ステータス』だと言うのなら、突如見えるようになったのは、何らかの理由でユニークスキルを取得したからではないだろうか？

「もしかして、昨日のゴブリン討伐の後だろうか？」

俺は、冒険者の間に伝わるある噂話を思い出した。

研修期間中にスキルを得ることができない者は、大抵そのまま冒険者を諦めて他の職業に就くのだが、ごくまれに、後からスキルを覚える人間が存在するらしい。

冒険者ギルドではそのような人物を『覚醒者』と呼ぶのだが、大半の人間はどれだけモンスターを倒してもスキルが発現することはないため、『覚醒者』になったという人物に、俺は会ったことがなかった。

「俺が……本当に『覚醒者』になれたのか？」

これまで、必死に努力してきたのだが、自分が『覚醒者』になったという実感がわかない。

俺は自分の頬を引っ張ってみた。

「うん、普通に痛いな」

どうやら夢ではないようだ。

「ひとまず、この『ステータス操作』を調べてみよう」

ステータスの項目を順番に見ていくと『名前』『年齢』は間違っていない。そうなると他の項目に関しても正しいと判断して良いと思う。

「職業は『見習い冒険者』下にある数字の『レベル』というのは成長の証しだろうな」

全部で何段階あるかわからないが、俺は現在『見習い冒険者』で20段階目の強さということになる。

他の項目を見てみる。『筋力』『敏捷度』『体力』『魔力』『精神力』『器用さ』『運』。これらの項目も聞き覚えのある単語からして俺の身体的な強さを表しているのだろう。

それぞれの項目の右には『＋』の表示があった。

「なんだろうな？　これ……」

俺は『筋力』の横の『＋』に何度か触れてみた。

「ん？」

すると、先程まで25だった数字が30へと変化していた。俺が五回『＋』に触れた結果だ。

そして、変化があったのは『筋力』だけではない、ステータスポイント（以後ＳＴ）も５減っている。

「力が……強くなった？」

おそらく気のせいではない。先程までよりも、力が溢れている気がする。元が25だったので５も増えたとなると結構な変化なので違和感に気付く。

念のために検証として『敏捷度』の『＋』にも触れてみる。

「身体が軽くなったぞ」

今度は30だったのを40まで上げてやった。

ＳＴは合計で15減ってしまい90になっている。おそらくだが、このＳＴを消費して自身を強化することができるのではないだろうか？

ひとまず他の部分も調べてみよう。次に俺は『職業』の横にある『＋』に触れてみた。すると、画面に新しい文字が表示された。

『選択可能職業』……『見習い冒険者レベル20』『戦士レベル１』『斥候レベル１』『魔道士レベル１』『僧侶レベル１』『遊び人レベル１』『商人レベル１』

言葉通りなら職業を選ぶことができるらしい。現在の俺の職業は『見習い冒険者レベル20』と言うことになる。ひとまず『戦士』を選んでみた。

名前：ティム　年齢：16　職業：戦士レベル1
筋力：30＋2　敏捷度：40　体力：17＋2
魔力：5　精神力：8　器用さ：18　運：20
ステータスポイント（ST）：90
スキルポイント（SP）：38
ユニークスキル：『ステータス操作』
スキル：『剣術1』

職業の項目『戦士レベル1』に切り替わり『筋力』と『体力』の下に『＋2』と付いている。

何度か他の職業に変えてみる。どうやら制限はないようで自由に変えられるらしく、そのたびに数字が変化した。職業ごとに上昇する項目が違うようだ。

ひとまず今は『戦士レベル1』に戻しておいた。

「あれ、他にも押せる項目があるのか？」

よく見ると、職業の下にさらに『＋』があったので押してみた。

『取得可能スキル一覧』……『取得経験値増加』『取得スキルポイント増加』『取得ステータスポイント増加』『バッシュ』『パリィ』『罠感知』『罠解除』『解体』『後方回避』『ファイアアロー』『アイスアロー』『ウインドアロー』『ロックシュート』『瞑想』『ヒーリング』『キュア』『眠る』『ものまね』『食べる』『深く眠る』『武器修理』『防具修理』


画面にずらりと文字が並んでいる。『取得可能スキル一覧』という項目に注目する。

「いくつか、聞き覚えがあるスキルがあるな」

この一覧にあるスキルは、冒険者になりたてのころの研修で、ベテランから学んで取得するスキルだ。

前衛なら『バッシュ』や『パリィ』、中衛なら『罠感知』や『罠解除』、後衛なら『ファイアアロー』や『アイスアロー』、補助なら『ヒーリング』や『キュア』などなど。

それぞれ発現したスキルを前提にパーティーを組んで冒険者活動を始める。

俺が望み、焦がれたスキルが今、目の前に出現していた。

「これに触れたら、俺もスキルを取得することができるのか?」

指が震える。俺は『バッシュ』に触れてみた。すると、次の瞬間『取得可能スキル一覧』から『バッシュ』が消え『スキル』の項目に『バッシュ1』が現れた。

スキルポイント（以降ＳＰ）が38から37へと減っている。おそらく、スキルを取得するとＳＰが消費されるのだろう。

立ち上がり、剣を手に取る。一泊銀貨二枚の安宿（三泊で割引サービスにて銀貨五枚）なので部屋は狭く、剣を振り回しても壁に当たらない位置を見つけるのに苦労する。

「『バッシュ』」

次の瞬間、身体がスムーズに動き剣を振る。これまでできなかった、力が乗った確かな動きだった。

「でき……た？」

俺は自分の腕から繰り出された鋭い斬撃に驚く。

取得スキルの操作をしただけで『バッシュ』を会得してしまったからだ。

「まてよ？」

そう考えると、一つわからないことがある。それは『剣術1』というスキルだ。

スキルは技や魔法として放つものという認識だったので、この『剣術1』がどういったスキルなのかわからない。最初から取得していたのも気になるのだが……。

「……今考えても仕方ないか」

とにかく、この『ステータス操作』に関してはわからないことだらけだ。調べていくしかない。

「も、もしかして、今の俺ならあっさりゴブリンを倒せちゃったりして……」

ふと、思い付きが口から漏れ出る。これまで、スキルがなかったせいで様々な場面で苦労してきた。だが、こうしてスキルを得たからには、同期の冒険者に並ぶことができるのではないか？

「今日は休みの予定だったけど、試してみたい」

俺は高揚感を覚えると、防具を身に着け、宿を飛び出し、依頼を受けに冒険者ギルドへと走るのだった。


あれから冒険者ギルドを訪れ、ゴブリン討伐依頼を受けて森に入った。

いつも応対している受付嬢が意外そうな顔をしていたが、俺はこれまで三日働いたら休むようにしていたので、その法則が崩れたからだろう。

「見つけたぞ……」

木の陰から顔を出しゴブリンを見る。呑気な様子で無警戒に森を歩いている。

手に持っているのはそれなりの長さの木の枝なのだが、草木を掻き分けるために持っているだけなので、こちらの脅威ではなかった。

普通のゴブリンよりも装備が貧弱なので組み伏せやすい。俺はこいつでスキルの実験を行うことにした。

木々の間を移動して追いかける。ゴブリンはしばらく歩くと広場に出た。そして立ち止まり、何かを待つようにじっとしている。

広場の真ん中なので接近するまでに絶対に気付かれる。少しでも不意を突くため俺は背後に回りこむと、死角からゴブリンめがけて突っ込んだ。

『ゲヒョッ!?』

足音で気付いたのか、振り返ったゴブリンは面を食らう。

慌てて木の枝を突き出すのだが、それよりも俺の方が先に攻撃圏内に入った。

「『バッシュ』」

『ゲッ……！　ゲエエエエッー！』

一撃では絶命しなかったからか、ゴブリンが木の枝を突き出して反撃してくる。

「このっ！」

敏捷度が上がっているお蔭なのか、普段よりも身体が良く動く。俺は余裕をもってゴブリンの攻撃を躱すと、がら空きになっている首に剣を滑らせた。

『ゲポッ……』

この一撃が致命傷となり、ゴブリンは口から血を吐いて倒れる。

「ふぅ、何とか倒せた」

一撃では倒せなかったが、どうにかスキルも当てることができた。

「よし、これなら何とかなるぞ」

今まではゴブリン一匹倒すのにも数分程時間が掛かったが、今の戦闘は一分もかかっていない。

「まてよ、ここで『筋力』にもっと振れば楽に倒せるようになるんじゃ？」

今の戦闘では攻撃力が足りず倒しきれなかったが、昨日よりも力がついている実感があった。

俺は『筋力』と『敏捷度』にそれぞれ20ずつ振って強化してみる。

「身体が凄く軽い、それに力も溢れてくる」

大きく数字を振ったお蔭で、明らかに『筋力』と『敏捷度』が上昇しているのが実感できる。

「今なら二匹くらい同時に相手できるかも？」

これまで、俺は複数匹のゴブリンとの戦闘は避けてきた。だけど今なら短時間でゴブリンを倒せるので、それが可能なのではないだろうか？

そんなことを考えていると、ちょうど、ゴブリンの声が聞こえてきた。

『ゲヒョッ！』

『ゲゲゲッ！』

『ゲヒヒッヒッ！』

振り返ってみると、三匹のゴブリンが立っている。

三匹はじわじわと近付いてくる。俺は緊張で喉を鳴らすと、ゴブリンたちに向き直った。

「だ、大丈夫。やれるはずだ……」

震えが来るが恐怖からではない。俺は今、自分の可能性を試したくて仕方ないのだ。

「いつまでも同じ場所で足踏みしていられない！」

同期の冒険者たちは、ここではない場所に立ち、違う景色を見ている。

そろそろ俺も、一歩を踏み出さなければならないのだ。

俺は手の汗を拭き、剣を握り直すと……。

「『バアアアッシュ！』」

三匹のゴブリンへと突進して行くのだった。

「はぁはぁはぁ、か、勝てた！」

三匹同時だったので、数度攻撃を受けてしまったが、俺は見事ゴブリンを討伐することに成功した。

「もっと上手く動ければ良かったんだけどな」

最初のゴブリンこそバッシュ一発で倒せたのだが、俺の攻撃を見て警戒した残り二匹が距離を取って前後から挟み撃ちにしてきたのだ。

元々複数との戦闘を経験していなかった俺は、一瞬動きが止まってしまい、結果として傷を負ってしまった。

「でも、これならやれる！」

　俺が操作したステータスは確かな効果があった。この調子なら、今までよりも狩りで成果を上げることができるだろう。

「とりあえず、依頼分をさっさと片付けてしまおう」

　休憩を終えた俺は、探索に戻ると、残りのゴブリンを討伐し、街へと戻った。


「はい、依頼の達成を確認しました。報酬を支払います」

　いつものように、冒険者ギルドの受付で討伐部位を提出して報酬を受け取る。得た報酬は相変わらず少ないのだが、連日依頼をこなしたことで財布の中身に若干の余裕ができた。

「あの、怪我大丈夫ですか？」

　普段なら高ランク冒険者や他の受付嬢との会話に戻るはずなのだが、話し掛けられた。

彼女の名前はサロメさん、冒険者ギルドで働く受付嬢だ。

「ああ、これはちょっと……」

　今までも傷を負うことはあったが、今回は複数のゴブリンを相手にしたせいで、普段よりも傷が多い。サロメさんは、それを見て心配してくれたのだろう。

「ティムさん、四日連続で冒険に行くことって今までなかったじゃないですか？　無理しない方がいいんじゃないですか？　焦っても良くないですよ」

俺がスキルを持っていないということは、この冒険者ギルドの全員が知っている。そのせいで、サロメさんは俺がやけになったのではないかと考えたようだ。

「心配かけてすみません。大丈夫ですから」

俺が得たユニークスキル『ステータス操作』に関してはまだ秘密にしておく。いきなり「空中に画面が現れて、ステータスというのを操作してスキルやステータスを弄って強化することができるようになったんです」などと告げても、信じてもらえるわけがない。可哀想な目で見られて教会の懺悔室を紹介されてしまうのがおちだ。

「もし良かったら、治癒魔法持ちの子を紹介しましょうか？」

そんなことを考えていると、本当に紹介されそうになる。最近、一年後輩の冒険者たちが研修を終えてギルドに顔を出すようになったからだろう。

スキルに慣れるため、ギルドに詰めている治癒魔法持ちがいる。当然無料ではないが、向こうも練習になるので料金は銅貨三枚程度。酒が一杯飲める値段だ。

「いえ、大丈夫です。わざわざありがとうございます」

「あっ……」

手を伸ばして何かを言おうとしている。だけど、ここで銅貨を支払うのが惜しい。

俺はそそくさと立ち去り宿へと戻った。

「さて、この『ステータス操作』の検証の続きをするか」

宿の部屋へ戻り、防具を脱いだ俺は、ベッドに腰掛けるとステータス画面を開いた。

「うん？　『戦士レベル3』になって、各項目の数値が上昇して、補正値も増えているな」

薄々そうではないかと思ったのだが、今日の狩りの最中『筋力』『敏捷度』を弄った時のようにステータスが上昇している気配を感じた。

「……やはり、あの感覚がレベルアップした時のものだろうな」

先日、ゴブリンを討伐した時に発生した『ジジジッ』という耳鳴り。あれが今日は二度あった。

おそらくだが、他の冒険者もレベルが上がるたびに強くなっているのだろう。そう考えると、知りあいの冒険者から聞いた「耳鳴りの後はスキルが使えるようになり強くなる」という話の説明もつく。

昨日消費したSTやSPの数字も増えている。

「STは振り分けることで直接ステータスを強化できるし、SPは新しいスキルを覚えられる」

そうすると、今すぐ試してみたいスキルがある。俺は緊張しながらステータス画面を操作すると、そのスキルを取得した。

「『ヒーリング』」

右腕に左手を当て治癒魔法を唱える。緑色の優しい光が包み込み、痛みがましになるのだが、

「……怪我までは治らないな」

光が収まると、また痛みを感じるようになった。

「なぜだろう？　ちゃんと治癒魔法が使えたのに……？」

アゴに手を当て、少し考える。

「もしかして『精神力』が足りないのかな？」

職業を『僧侶』に切り替えた時、補正された項目は『精神力』と『器用さ』だった。

補正値がそれぞれの能力に応じた場所に付くのだとしたら『ヒーリング』を使うための項目の数字が、単純に低いだけなのかもしれない。

「『精神力』の項目に20も振れば結果は出るだろう、後は、治癒魔法ならレベルを上げておいても無駄にならないよな？」

精神力を20まで振り『ヒーリング3』まで上げる。ふたたび腕に手を当てると、

「『ヒーリング』」

先程より強く輝き、傷が塞がっていく。

「よし、成功した」

他の冒険者に治癒魔法を使ってもらった時と変わらない効果だ。

これなら今後、怪我をしても自分で治せるので、治療費を節約することができる。

俺は改めてステータスを見る。

名前：ティム　年齢：16　職業：戦士レベル３
筋力：56＋6　敏捷度：64　体力：21＋6
魔力：５　精神力：28　器用さ：18　運：21
ステータスポイント（ST）：40
スキルポイント（SP）：39
ユニークスキル：『ステータス操作』
スキル：『剣術１』『バッシュ１』『ヒーリング３』

「スキルの数値が上がる程に効果も強くなるみたいだな。魔法の場合『精神力』だけじゃなくて『魔力』の影響も受けてそうだ。そうなると、攻撃魔法を取得するとしてもSPが足りなくなるか……。それなら、まずは『取得経験値増加』『取得スキルポイント増加』『取得ステータスポイント増加』を上げてしまえばいいんじゃないか？」

ここにきて、俺は既に自分の『ステータス操作』の便利さを確信していた。このユニークスキルは自分のステータスを自在に操り、新たなスキルをどんどん獲得できるスキルなのだ。

無条件に強化できるわけではなく、STとSPを消費することでそれらを得ることができる。

ならば最優先でそっちを上げてやれば……。

「あっ……れ？」

SPで取得するべきスキルの優先度を考えていると、急に頭がふらついた。

「もしかして……魔力切れって……やつか……？」

ベッドに倒れながら、俺は治癒魔法を使う知り合いに聞いた話を思い出す。

魔法を覚えたてのころは「数回使うだけで疲れる」と。それを超えて無理に魔法を行使した場合気絶することもあるらしい。

強烈な眠気が襲ってくる。

「これは……魔法に関してはもう少し様子見が……必要……」

俺は意識を失うのだった。


「さて、今日もやるか！」

治癒魔法で疲れたせいか、ぐっすりと朝まで眠った俺は、身体を伸ばすと元気な声を出した。

「とりあえず、今日も検証の続きだ。未知のスキルだし、色々試さないと」

昨晩、意識を失う前に考え付いた『取得経験値増加』『取得スキルポイント増加』『取得ステータスポイント増加』『バッシュ』『パリィ』を5まで上げてみた。

どうやらレベル上限は5らしく、それ以上振ることができなかった。

「んー、今日もゴブリンにしておくかな?」

冒険者ギルドの掲示板の前で悩む。あれから、さらにステータスを強化したのでより強いモンスターと戦って自分を試したい。

「よし決めた。今日はちょっと違う場所へと行ってみよう」

俺は掲示板に貼られている依頼を剥がすと、受付へと持って行く。

「へ?　コボルト討伐ですか?」

「はい、お願いします」

サロメさんが目を丸くしている。今回、俺が受けた依頼は『コボルト五体討伐』だったからだ。

「その……大丈夫なんですか?」

心配そうな表情を浮かべている。これまで、報酬の受け渡し以外で話し掛けてくることがなかったのだが、どういう風の吹き回しだろうか?

「はい、特に問題はないかと?」

俺は、なぜサロメさんがそのような質問をしたのか首を傾げた。

「ええとですね、ティムさん。コボルトはゴブリンと違って、人間と大きさが変わりません。武器も棍棒などではなく、ダガーやショートソードを装備しています」

「……それくらいは知っていますけど？」

彼女の説明に首を傾げる。

「さらに急所を鎧で覆っており、ほぼ単独行動をしませんよ？」

「ええ、それも知ってますけど？」

返事をすると『駄目だこいつ』みたいな顔をされた。

「それじゃあ、時間が勿体ないので俺は行きます」

とりあえずそれ以上の言葉はなかったので、そのまま出て行こうとする。

「あっ……ちょっとまっ――」

何やら大声で叫んでいるようだが、あまり騒がれて注目されたくない。俺は彼女を無視してコボルトが生息する岩場へと向かった。


「よし、到着」

ヴィアから徒歩で数時間。到着したのは無数の岩が点在する荒野だった。

コボルトはゴブリンの次に弱く、トロルやオーガなどの天敵も多い。

そういった事情もあり、天敵から身を守るため、岩場の陰に穴を掘って隠れ住んでいるのだ。

俺は慎重な足取りで周囲を探索する。用心深い相手なので、索敵にはゴブリン以上に気を遣う必要があるかと思ったのだが……。

「ウウウウッ！」

一匹のコボルトが目の前に現れた。

「これは都合がいいな」

複数相手でもやれる自信はあるが、新しいスキルを取得して間がない。できればじっくりと使い勝手を確かめたいところだったからだ。

俺はショートソードを抜くと、まずはスキルを使わずに攻撃を仕掛けることにした。

「はあああああっ！」

剣を振りかぶり、コボルトに斬りかかる。

「ガルッ！」

向こうも持っていたショートソードで受け止めたため『キンッ』と音が響きドキッとする。

この音を聞きつけて、他のコボルトが集まってくるのではないかと不安がよぎる。

「はっ！　はっ！　はぁあっ！」

「ガルッ！　ガルッ！　ガルゥッ！」

剣で攻撃を仕掛けると、コボルトが受けに回る。強化した『筋力』と『敏捷度』のお蔭でこちらの方が優勢だ。

「これなら普通に戦っても負けない！」

スキルに頼らずとも戦える。『ステータス操作』のお蔭で確かな成長を実感した俺は、このまま戦闘を続けた。

「ガウッ！　ガウッ！　ガウッ！」

今度は受けに回ってみて、コボルトの攻撃をはじき返す。

攻撃が軽いので手に伝わる衝撃は少なく、これならいつでも主導権を奪い返すことが可能だろう。

「そろそろ終わらせてもらう！」

「ガガウッ!?」

俺は攻めに転じ、何度かの打ち合いの後、コボルトの剣をはじくと、

「『バッシュ』」

隙だらけになった胴を薙ぎ払った。

「えっ？」

コボルトの身体に深い傷がつき、そのまま倒れる。

「まさか、一発で？」

おそらく『バッシュ』を5まで上げたことと『筋力』『敏捷度』を上げたことで、今までにない威力が出たのだろう。

「これならコボルトの相手は何とかなりそうだぞ」

たとえ複数で現れたとしても対応できるだけの自信がついた。

俺は短剣で討伐部位の耳を切り取ると、次のコボルトを探し始めた。


「お疲れ様でした。報酬の銀貨十枚になります」

サロメさんから銀貨が積まれたトレイが差し出される。

「ありがとうございます」

御礼を言いながら銀貨を受け取り袋へとしまう。コボルトは一匹につき銀貨二枚の報酬を得られるので、一気に懐が暖かくなった。

これまでで最大の報酬に喜んでいると、サロメさんがじっと俺を見ていることに気付く。

「……あの、何か？」

聞き返すと、彼女ははっと顔を上げる。

「いえ、本当にコボルトを倒してきたんだなと思いまして……」

万年ゴブリン狩り専門の俺が、コボルトまで倒したことに驚いていたらしい。

「最近、ちょっとコツを掴んだみたいなんですよ」

「は、はぁ……コツ……ですか？　……もしかして……ティムさん？」

サロメさんは眉根を寄せると俺を観察してくる。至近距離から目を合わせているとドキドキする。俺が彼女から視線を逸らすと、サロメさんは腰を引きカウンターへと引っ込む。

「そうだ、冒険者ギルドが提携している酒場が、初コボルト討伐の冒険者にサービスをしているんです。良かったら行ってみてはいかがですか？」

　笑顔でそんな提案をしてきた。

「酒場ですか……？」

　これまで、俺は酒場に入ったことがなかった。稼ぎは宿代や武器防具の修理にあてていたので、一切余裕がなかったからだ。

　だけど、連日討伐依頼を受け、金に余裕ができた今なら、少しくらい贅沢をしてみても良いかもしれない。

「ここを出て左手に進んで数軒の『虹の妖精亭』です。入店の際に、初めてコボルトを討伐したことを伝えていただければ、サービスしてもらえるはずですよ」

　サロメさんが親切に店までの道筋を教えてくれる。

「ありがとうございます。それじゃあ、せっかくなので立ち寄ることにします」

　俺は彼女に御礼を言うと『虹の妖精亭』に向かうのだった。


「いらっしゃいませ――！」

　店内は活気に溢れていた。

　ぼちぼち日も傾いてきたので、依頼を終えた冒険者たちが店を賑わせている。

　酒が入っているのか、大声でその日の冒険の反省会や、成功話をしているのが聞こえてくる。

「お客さんは初めてですよね？」

店員さんが現れ、俺の顔を覗き込んだ。

「わかるんですか？」

「ここは新人を卒業した冒険者しか来られませんからね、初めての人がくればわかりますよ」

そう言われて、サロメさんから聞いた言葉を思い出す。

「実は今日、初めてコボルトを討伐したんです」

「おめでとうございますっ！　それじゃあ、特別席に案内しますので当店自慢の御馳走と酒を楽しんでください」

俺は店員さんに祝福されると、そのまま階段を上がって二階へと連れていかれる。

「初めてコボルトを討伐した冒険者さんには、御馳走を振る舞うことになっているんです。今から準備をするので、こちらでお待ちくださいね」

二階は一階と違って落ち着いた雰囲気で、静かに酒を楽しむ冒険者がいる。ゆっくり会話を楽しみたい人間は、二階で食事をするのかもしれない。

待っている間、俺は周囲を見回していた。ここにいる全員が、冒険者としてそれなりに成果を上げていて、強そうに見える。

一人でいる俺に視線を向けてくる者もいるので、値踏みされているようで落ち着かない。

しばらくすると、恰幅の良い女性が料理を運んできた。この店の女将さんらしい。

「はいよっ！　当店自慢の料理盛り合わせとエールだ。御代わりが必要なら声を掛けておくんな」

大きなテーブルに、これでもかという程料理が並べられ、なみなみに注がれたエールが置かれた。

「こんなにたくさん……、いいんですか？」

サービスというからには、ちょっとした料理を想像していた俺は、その振る舞いぶりに驚く。

「このヴィアで育った冒険者はうちの子も当然だからね。今日だけは無料で振る舞うけど、次からは有料だよ。早く強くなって、こうして御馳走をたらふく注文できるようになりなさいってことさ！」

確かに、こんな贅沢を一度覚えてしまえば、また味わいたくなるに違いない。

「ありがとうございます！」

俺は御礼を言うと、御馳走にありつく。

「美味いっ！　こっちも美味いっ！　これも最高だっ！」

手に付ける料理のどれをとっても、今まで食べたことがない美味しさだった。

揚げ物は噛みしめるたび肉汁が口いっぱいに広がるし、串焼きも塩が利いていて病みつきになる。程よく茹でた枝豆はほくほくしている。

それらを食べた後に呑むエールのほろ苦さが、口に残った脂を洗い流してくれる。

酒を呑んだのは十五歳で成人となった時の一度だけ。その時とは比べものにならないくらい喉ごしが良く、身体が熱くなりいい気分になってきた。

料理を堪能し、初めて体験する酔いを楽しんでいると……。

「ティム君?」

聞き覚えのある声に呼ばれ、振り返る。

「あら、珍しい。ここでお酒を呑める余裕ができたんだ?」

そこには同期冒険者のグロリアとマロンが立っていた。

「ど……どうしてここに?」

突然の遭遇に俺は狼狽える。何せ、彼女たちは現在Cランク冒険者となっており、同期の中では飛び抜けた存在だからだ。

「私たちは、今日の冒険を終えたから食事をしに来たのだけど……」

「そっちこそ、珍しいじゃない?」

グロリアが説明をして、マロンは俺がここにいる理由を聞いてくる。

「実は、今日初めてコボルトを討伐したんだ。それで、ギルドでこの酒場を勧められて……」

彼女たち相手では自慢にもならない。同期の中でそれを成し遂げていないのは俺だけだから、今更そんなことを告白するのも恥ずかしい。

「やったね、ティム君。おめでとう」

　ところが、グロリアはまるで自分のことのように喜んでくれた。

「そう、やったじゃない」

　続けてマロンも祝ってくれる。

「あ、ありがとう……」

　予想していなかった二人の態度に、俺が困惑していると……。

「なんだいあんたら、いつまでも立ってるんじゃないよっ！」

　料理を運んできた女将さんが注意をする。

「すみません、私たちの同期が初めてコボルトを討伐したと聞いたので、御祝いしていたんです」

　グロリアが事情を話すと、女将さんは驚いた。

「なんだい。あんたら同期かい？　だったらそこに座んな」

「えっ？　ちょっと……」

　少し話していただけで、一緒に呑む予定などなかった。彼女たちも二人だけの方が良いのではないか……？

「ティム君、もし迷惑じゃなかったら相席してもいいかな？」

　グロリアが腰を落とし、顔を覗き込んでくる。

「あんたがいた方がナンパ避けになるから、都合がいいのよね」

マロンは左手で前髪を弄っている。

「ああ、二人が構わないなら俺も別に……」

俺が返事をすると、彼女たちは席に着き、酒を注文する。女将さんとも馴染んでおり、常連なのが窺える。

「それにしても、長い間足踏みしていたのに、急にだよね」

運ばれてきた酒を両手で持ち、こくこくと喉を潤わせたグロリアは「ふぅ」と息を吐く。

「ありがとう、実はようやくスキルを使えるようになって、そのお蔭でコボルトを倒せたんだ」

これまでも、グロリアは俺のことを気にかけて、時には無料で治癒魔法を使ってくれた。

彼女には、自分がスキルを得たことくらいは話しておくべきだろう。酒の勢いもあってか、俺は饒舌になり、コボルトを討伐した時の話をした。

しばらくの間、グロリアと盛り上がり、ときおりマロンとも話をしていると、あっという間に閉店の時間が近付いてきた。

「でも、そっか……。ティム君もこれから強くなりそうだよね」

グロリアは頬を赤く染め、目を蕩けさせると、身体を寄せてくる。いつの間にか隣に座っていて、肩が触れ合い、彼女の温もりが伝わってくる。無意識の動作なのか、人差し指で唇をぬぐう姿が妙に艶かしくて、ドキドキしてしまう。

「良かったら今度、一緒に冒険しようよ」

グロリアはさらに顔を近付けると俺に迫ってきた。

「いや、でもだな……」

突然そんな提案をしたかと思うと、両手を握り締めてくる。至近距離から彼女と目が合った俺は、心臓が高鳴り落ち着かない。胸元が強調され、このままではまずいと思い、視線をさまよわせると、マロンと目が合った。

「ん、何？」

「いや、二人とも今Cランクだろ？　俺なんかと組んだら迷惑じゃないかと思って……」

こちらはいまだにFランクなのだ。

彼女たちは実力もさることながら、見た目が整っているので、一緒に冒険をしたがる男が多いともっぱらの噂だ。

「まあ、あんたが組みたいなら、考えなくはないわ」

「いいのか？　俺だって男だぞ？」

以前、マロンが「下心がある男とは組みたくない」と言っているのを耳にしたことがある。どういう心変わりなのか？

「別に構わないわよ。だって、あんたはリアの――」

「マロンっ!?」

マロンが説明をしようとしたところ、グロリアが慌てて彼女の口を塞ぐ。先程まで隣にいたのに一瞬でマロンの背後に回り込んでいた。

「きょ、今日のところはここで解散っ！　マロンが酔っ払ってるみたいだから！」

じたばたとしているマロンなのだが、よく見るとグロリアの腕が首に食い込んでいて苦しそうだ。

「お、御代、ここに置くね」

テーブルに金を置くと、マロンを引きずって店を出ていく。

治癒魔法を使うということは『精神力』が高いのだろうけど、今見た感じ『筋力』もありそうだな。と、彼女にもステータスがある前提の考察をしてしまう。

「俺も、そろそろ帰るか」

思わぬ形で同期と酒を酌み交わすことになったが、そろそろ閉店の時間だ。俺は席を立つと、店を後にするのだった。

二章

「さて、今日からは気合を入れ直さないといけないな」

昨晩のグロリアやマロンとの時間が、俺に新たなやる気を与えてくれた。

研修時代からいつも優しくしてくれたグロリアに、そっけないながらもパーティーを組んでも良いと言ってくれたマロン。

今の俺では力不足なのは明らかだが、この『ステータス操作』さえあれば、これからも成長することができるはず。

まずは、彼女たちに追いつき、追い越すことを目標にしよう。そのためには……。

「成長するには、戦闘回数をこなすのが近道だ」

ここ数日で気付いたのだが、レベルは、モンスターを討伐した直後に上がるらしい。レベルが上がると各ステータスが上昇しSTやSPを得ることができるので、効率よく成長できる。

やはり『取得経験値増加』『取得スキルポイント増加』『取得ステータスポイント増加』のスキルを取得しておいてよかった。

先日のコボルト五匹を討伐したお蔭で、またレベルが上がっている。

「それには、多くのモンスターがいる場所に行くのが早い」

俺はそう考えると、今日の目的地へと向かった。

「この時間は混んでるな」

入口の前の広場には、大勢の冒険者たちが五～六人でかたまって、何やら話をしている。念入りな打ち合わせや装備の点検。いずれも真剣な表情を浮かべている。これから挑む先が危険だと知っているのだろう。

現在、俺はヴィアの中心にあるダンジョンに来ている。

基本的にダンジョンは、世界中のどの街でも中心に存在しており、冒険者がダンジョンから持ち帰るドロップアイテムは、街の貴重な資源となっているのだ。

俺は他の冒険者の横を通ると、ダンジョンに入る。

「……ここがダンジョンの中。壁が光っているって、本当だったんだな」

初めて入ったダンジョンの物珍しさに周囲を見回す。奥の方は薄暗いのだが、歩くのに支障がない程度には明るい。

「とりあえず、今の俺ならやれるはずなんだが……」

昨晩、レベルが上がって得たSTとSPを使って、ステータスを振り分け、新たなスキルを取得した。今のところ剣での戦闘がメインなので、そちら側のステータスをメインに振っている。

回復に関しては、魔法だけだと不安なので、ポーションも用意してある。

治癒魔法を使いすぎて倒れるような事態は避けたい。せっかく治癒魔法が使えるのに金が勿体ない気もするが、命が懸かっているので惜しむところではない。

気を引き締め進んでいくと、前方に生き物の気配を感じ取った。

「ゴブリンが三匹か……」

遭遇したのは、外でもよく見かけるゴブリンだった。

「流石はダンジョンだけある。こうもあっさりモンスターに出会えるとは」

今回、俺がダンジョンに潜ることにしたのは、ここなら戦闘回数を稼ぐことができるからだ。

ダンジョンは宝物で人間を誘い、モンスターを生み出し迎え撃ってくる。

ダンジョン内で死んだ生物は吸収されダンジョンへと還る。ダンジョン内で生まれたモンスターを倒すと魔石やアイテムを落とすので、それらを売ることで、収入を得る冒険者も多い。

魔石やアイテムは必ず出るわけではないから収入は安定しないのだが、一獲千金を求めてダンジョンに潜る冒険者は後を絶たない。

「これだけ遭遇するなら、こっちの方が儲かるかな」

今ならゴブリン三匹相手でも余裕がある。

俺はショートソードを抜くと、臆することなくゴブリンたちに斬りかかった。

「ふぅ、初戦闘終わり」

戦闘が終わり、ショートソードを鞘へと収める。

ダンジョン内のゴブリンは、外と違って好戦的だ。自分の身のことは一切考えておらず、攻撃で牽制しても構わず突撃してくる。

「ダンジョンから生み出されたモンスターには感情がないのか?」

俺たちは生きるために戦っている。よりよい生活や人からの称賛、求めるものは人それぞれだが目的があってダンジョンに潜っているのだ。

だが、ゴブリンたちにあるのは、目の前の敵を倒すことだけで、自分の身の安全は考えていないようだった。

「剣はこれまでよりも滑らかに振れていたけど、捨て身で来られると、スキルが使い辛いな」

『剣術5』まで上げたので、鋭く相手の急所を狙えるようになった。

スキルを使った場合、直後に隙を晒すことになるので、一匹倒している間に他の二匹が同時に突っ込んでこられると、攻撃を受けてしまうことになる。

傷を負えば、その都度ポーションを飲むことになるので、結果的に利益が減ってしまう。

「まあ、モンスターの動きは慣れるしかないとして、新スキルをどんどん試していくとするか」

今は一歩一歩進むしかない。幸い『ステータス操作』のお蔭で、取得したスキルも多く『取得経験値増加』のお蔭で、レベルも上がりやすくなっている。

自在にスキルを取得できるというのは、他の冒険者にはない俺だけの優位性だ。

「沢山倒せば成長できるし、気を取り直して進むとするか」

俺はそう考えると、奥へと進んだ。

「とりあえず、今日は初めてダンジョンの一層で狩りをしたわけだが、すべてが新鮮だったな」

宿の部屋に戻ると、俺はその日の感想を呟いた。

本日の成果は、ゴブリン五十二匹の討伐。得た魔石が五個。

戦士のレベルが5上昇し、二層への階段も発見した。

ゴブリンの魔石はギルドが銀貨二枚で買い取ってくれる。

つまり、俺の今日の収入は銀貨十枚、外で狩りをする時の五倍ゴブリンを狩っているのだが、収入は二倍に落ち着いた。

「まあ、今は強くなるのが最優先だし、これだけレベルが上昇したなら、文句はないか……」

これまで燻っていたのが嘘のように、成長している実感がある。レベルが上がるごとに『筋力』『敏捷度』『体力』のステータスが上昇し『戦士』の職業による補正値も加わるので、たった一日で随分強くなった。

「ゴブリンの攻撃は『パリィ』で逸らすに限るな。今なら普通に剣を振るうだけでも倒せるようになったし」

今日の戦闘を思い出し、明日以降の立ち回りを考える。

じっとステータス画面を見つめ、次はどのようにステータスを振るべきか検討する。確かな成長が数字で見えることを楽しみつつ、俺はステータス画面を閉じ、眠りについた。

翌日になり、俺は今日もダンジョンへと潜っていた。

既に慣れている一層を踏破し、二層へと足を踏み入れる。

途中でゴブリンを二十匹程狩ったのだが、上昇したステータスと、新たに取得していた『パリィ』のお蔭で、一撃も攻撃を受けることがなかった。

ここからはモンスターの種類も変わるので、気を引き締めていかなければと考え、歩いていると……。

「誰かが、戦ってるな」

戦いの気配を感じ取り、俺はこっそりと近付き、岩の陰から様子を窺った。

「『バッシュ』」

『ガルァァ！』

戦士と思しき男が、バッシュをコボルトに叩き込む。その一撃で倒すことができなかったのか、二匹のコボルトが距離を詰め、戦士に襲い掛かろうとしていた。

「『アイスアロー』」

「させるかよっ！」

魔道士の女が魔法で氷の矢を一本生み出し、一匹を牽制する。もう一匹は斥候の男が短剣を手に迎え撃った。

「くっ！」

戦士の男が避けそこなったのか、傷を負う。

「『ヒーリング』」

即座に後方待機していた僧侶の女が、ヒーリングを掛けて治癒をした。

「もう一発！　『バッシュ』」

態勢を整えた戦士の男は、二度目のバッシュをコボルトへと放つ。

『ギャフン……』

それがとどめになったらしく、コボルトは崩れ落ちた。

「俺はこのままもう一匹を抑える。シーナはドグを魔法で援護。プルミアは警戒を頼む」

「「了解！」」

戦士の男の指示に全員が応えた。

それから、斥候の男と魔道士の女は、連携してもう一匹のコボルトを始末する。

後は戦士の男が抑えていたコボルトを三人で倒した。

「あれが連携か……」

それぞれが自分の役割を理解して分担する。

前衛が傷を負っても即座に治癒魔法が掛けられるので恐れる必要はないし、横から抜けてくるモンスターは後衛の魔法と補助役が抑えていた。

俺は大きく目を見開くと思わず言葉が漏れた……。

「いいなぁ……」

仲間とともに冒険をする。今の俺には決して叶わない望みだったからだ。

結局、俺はその場から動かずに彼らが去るのを見ていた。


「二層にはコボルトが出るようだが、強さに関しては、外とそれ程変わらないみたいだな」

基本的に、ダンジョンは深い層まで潜れば潜るだけ、同じモンスターでも強くなっていく。

先日、外でコボルトと戦った時はバッシュ一発で倒せたので、この層のコボルトなら同じように倒せるだろう。

モンスターを探しながら移動していると、二層からは冒険者を頻繁に見かけるようになった。

中には俺のように単独で潜っている者もいたのだが、流石に慣れているのか、動きに随分と余裕があり、コボルトの攻撃をものともしていなかった。

「さて、ようやく戦えるな」

人の気配がない場所に向かうと、ようやくモンスターと遭遇することができた。

二匹のコボルトが斜めに並んで戦闘態勢をとっている。

「まずは先手を取る！」

俺は走ってコボルトへと接近する。

「『バッシュ』」

『ガルァァ！』

攻撃が当たりコボルトが倒れる。予想通り一撃で倒せた。

『ガルルッ！』

俺がスキルを繰り出した隙を突き、もう一匹のコボルトが襲い掛かってきた。頭上に剣が迫り俺をとらえようとした瞬間、

「『後方回避』」

剣は俺に当たることなく地面へと叩きつけられた。斥候などがモンスターから離れるために使う『後方回避』のスキルを使ったのだ。

「甘いっ！」

俺は目の前で隙を晒しているコボルトの右腕を斬りつけた。

『ガルァァ！』

叫び声を上げて剣を落とした。

「これで終わりだっ！」

俺は一足飛びで距離を詰め、コボルトの懐に飛び込むと、

「『バッシュ』」

『ギャフン』

俺はあっという間に二匹のコボルトを倒した。

「ふぅ、思っていた以上にスムーズに倒せたな。これもスキルの組み合わせのお蔭か……」

通常、戦士の役割をしている冒険者は戦士系のスキルを覚えていく。他の職業のスキルも習えば覚えられなくはないのだが、異なる職業のスキルを覚える場合、威力が下がったり、習得に時間が掛かったりするらしい。

だが、俺に関しては『ステータス操作』があるので欲しいスキルをいつでも自在に取得することができる上、スキルのレベルも上げられるので、すぐに高い威力で繰り出せるようになる。

そのお蔭で、『バッシュ』を放った後の隙を、即座に『後方回避』で離脱することで消すことができた。

冒険者になってからの一年間、何一つスキルが使えなかったのが嘘のように強くなっている。

先程のコボルトも、二匹相手に攻撃を食らわなかったので、俺の力が二層で十分通用すると

証明できた。

「この層でしっかりレベル上げをして、力を蓄えてから三層に下りるとするか」

下層に下りれば下りる程モンスターも強く、ドロップする魔石とアイテムが良くなっていく。

俺は倒したコボルトから魔石を回収すると、堅実にダンジョンを攻略するため、レベル上げに勤しむのだった。


「今日の討伐がコボルト百一匹とゴブリン四十二匹か」

コボルトは多くても三匹、大体は一匹で行動していたので狩りやすかった。

お蔭で効率よく狩りを進められ、多くの経験を積むことができた。

「得られた魔石がコボルトから十個、ゴブリンから四個。なかなかだな？」

コボルトの魔石は一つにつき銀貨三枚、ゴブリンの魔石は一つで銀貨二枚なので、今日の稼ぎは合計で銀貨三十八枚になった。

「……結構収入が増えたな」

二層に下りたこともあるのだが、戦闘のコツを掴んだお蔭で、回転率が上がったのが大きいのだろう。

成長すればモンスターを倒しやすくなるので、短時間の戦闘で済む。モンスターを倒せば経験値が入りレベルが上がる。一度きっかけを掴んでしまえばずっと良い流れができるのだ。

あれだけ倒したお蔭で『戦士』のレベルが15まで上がっており『筋力』『敏捷度』『体力』のステータスも『ステータス操作』を覚えたころと比べると、別人のように高くなっている。

「この調子なら、近いうちに同期に追いつけるかも」

名前：ティム　年齢：16　職業：戦士レベル15
筋力：112＋30　敏捷度：108　体力：105＋30
魔力：25　精神力：28　器用さ：58　運：25
ステータスポイント（ST）：0
スキルポイント（SP）：88
ユニークスキル：『ステータス操作』
スキル：『剣術5』『バッシュ5』『ヒーリング5』『取得経験値増加5』『取得スキルポイント増加5』『取得ステータスポイント増加5』『パリィ5』『後方回避5』

俺はステータス画面を消すと、ゆっくりと休むのだった。

「ティムさん、お待たせしました」

サロメさんから声が掛かる。

「今日はコボルトの魔石二十五個とゴブリンの魔石二個ですね。合計で銀貨七十九枚になります」

ダンジョンの二層に籠り始めてから一週間が経過した。

「後、こちらが御預かりしていたギルドカードです。おめでとうございます、昇格してEランクになりました」

「ありがとうございます」

毎日狩りをして魔石を納めたお蔭もあり、俺はEランクに昇格した。

「最初はゴブリン相手に苦戦していて、途中で辞めるか死ぬんじゃないかと心配していましたけど、最近のティムさんの仕事ぶりは凄いです！」

「そ、そうなんですか？」

食い気味にカウンターから顔を出すサロメさんから距離を取る。

「普通、Eランクの冒険者パーティーがダンジョンに入って一日で取ってくるコボルトの魔石は十五個程度なんです。ところが、ティムさんはそれ以上の魔石を取ってきているじゃないですか」

どうやら、いつの間にかEランク冒険者の中でも稼いでいる方になっていたらしい。

「つまり、ティムさんは一人でパーティーと同等以上の働きをしている、ということになります」

「なるほど……」

　褒められて困惑してしまう。これまで、俺はスキルなしで疎まれていた立場だったからだ。

「とにかく、冒険者ギルドは、今のティムさんに期待しています。それだけは知っておいてください ね」

　サロメさんはそう締めくくると、カウンターから顔を引っ込めた。


「ここが三層か」

　俺は興味深く周囲を見回す。

　Eランクに昇格したので、そろそろ力が付いたと判断して、三層に下りてみることにした。

　サロメさんに聞いたところ、三層からはモンスターの種類が増えるようだ。

　駆け出し冒険者から抜け出そうと考える冒険者が大勢いるらしく、モンスター相手に苦戦をして恥を晒したくなかった俺は、地力をつけるまで立ち入らないことにしていた。

　だが、先日までの狩りにより『戦士レベル25』となり、新たな職業に変更して新しいスキルを取得したため、試してみたくなり、三層に下りてみた。

「ダンジョン内だというのに草木が生えているとはな……」

　長い時間階段を下りてみると、ダンジョン内なのに自然が溢れていたのだ。

「目に映る範囲でも、結構な数の冒険者パーティーがいるな」

草原なので索敵がしやすく、モンスターが湧けばすぐに駆け付けることができる。そこら中でモンスターが湧いた瞬間に、冒険者が群がり、倒している姿が見えた。

「おっ！」

目の前に歪みが生じる。ダンジョンがモンスターを生み出している瞬間だ。

少しして、コボルトが一匹とゴブリンが一匹現れた。

一層と二層で遭遇した時よりも身体が少し大きく、身につけている武器防具も良くなっている。

「戦士ゴブリンと戦士コボルトか」

三層では技能を持ったゴブリンとコボルトが出てくると聞いていた。

「まずは小手調べだな。行くぞ！」

俺はショートソードを抜き放つと、一気に飛び込み斬りつけた。

「ゴブッ！」

「ちょっと浅いか？」

斬った方の戦士ゴブリンがよろめき後退する。

二層でじっくりと鍛えてきたので、思っていたより脅威に感じない。

今の攻撃で倒せると考えていたのだが、転職によって『筋力』の補正値が失われたため、攻撃の威力が落ちているようだ。

「ゴブブッ」

「ガルルッ」

怒り狂った二匹は、それぞれの武器を振り回して襲い掛かってくる。

「おっと！」

俺は『後方回避』のスキルを発動すると、敵の攻撃範囲から離脱する。下がったことで傷を負った戦士ゴブリンが遅れ、戦士コボルトが突撃してきた。

「ガルッ！　ガッ！」

連携が崩れたので好機とばかりに戦士コボルトを斬りつける。瞬く間に二度攻撃したのだが、まだ倒れる様子がない。

「結構タフだな、だが、これで終わりだっ！」

三度目に斬りつけた瞬間、

「コボッ……」

戦士コボルトの目から光が消え草原へと倒れ込んだ。

「後一匹！」

間近に迫ってきた戦士ゴブリンの攻撃を『パリィ』で受け流すと、がら空きになっている胴に攻撃を叩き込んだ。

「『バッシュ』」

「ゴフッ！」

最初にダメージを与えておいたお蔭か、今の一撃で戦士ゴブリンが吹き飛び絶命する。

俺は溜息を吐くと、

「多少時間はかかったが、思っているよりも楽に倒すことができたな」

初遭遇のモンスター相手に、基本スキルだけで立ち回れたので、あっけなさを感じた。


「それにしても、人が多くなってきたな……」

三層で狩りを始めて数時間。だんだんと冒険者の数が増えてきた。

モンスターが湧くたびに人が殺到して奪い合っているので、そこら中で言い争いが起きている。

どのパーティーもモンスターが湧くまでの間は休憩をして、湧いたら近付いて倒す、といった行動パターンのようだ。

一戦ごとに態勢を立て直せるし、もしピンチになっても周囲のパーティーに助けを求めることもできるので、ある程度の安全が保障されているこの層は、冒険者にとって人気の狩場のようだ。

「これは、早いうちに四層まで下りた方が良いかもな……」

ダンジョンは一層下りるごとにモンスターの編成や強さが変わり、難易度が高くなる。

今のところ、三層は余裕をもって立ち回れているので、無理にモンスターの争奪戦に加わらずに、空いているであろう四層で狩りをした方が効率が良いかもしれない。

「おっ、湧いたな」

そんなことを考えていると、近くにモンスターが湧き出すための歪みが生じた。湧いたのは戦士コボルトが二匹で、近かったせいもあり、即座に武器を抜いて俺に向かってきた。

先程と似た編成なので、さっさと討伐してしまおうと、武器を構えて迎え撃とうとすると……。

――ヒュッ！　ヒュッ！　ヒュッ！――

「えっ？」

「「ガルルッ!?」」

矢が飛んできて戦士コボルトに突き刺さった。

「なっ……一体、何を？」

ターゲットは確かにこちらが取っていたはず。俺が困惑していると、剣を片手に一人の冒険者の男が近付いてきた。見た目と雰囲気からして同期冒険者ではなく一つ下の後輩冒険者だろう。

「おらっ！　こいつでお終いだっ！」

背後から矢を受けて傷ついていた戦士コボルトをそのまま斬り伏せる。

「お前ら、そっちも囲んでやっちまえ！」

残る一匹も三人の冒険者が囲んでいる。傷を負って動きが鈍くなっているので、間もなく倒されるだろう。

後輩冒険者は、倒れたコボルトが地面へと吸収されたのを確認すると、俺を無視して戻ろうとした。

「ちょっと、待てよ」

「なんだぁ？　何か文句でもあるってのか？」

「今のモンスターは俺に向かっていた。人の獲物を奪っておいてその態度はなんだ？」

こいつらは、先程から他の冒険者とも揉めていた連中だ。確かにターゲットが重なることはあり得るが、今のは明らかにマナー違反だ。

俺が抗議すると、後輩冒険者は馬鹿にしたような笑みを浮かべた。

「はぁあっ？　たった一人でこの狩場の権利を主張してんのかよ？　組んでくれる人間もいねぇ癖によぉ」

「どうしたんすか、リーダー？」

大げさに騒ぎたて、周囲の注目を集めた。

「こいつがよぉ、俺たちに因縁つけてくるんだよ」

「あのモンスターは明らかに俺をターゲットにしていた。横から割り込むのはマナー違反だろ？」

冒険者の研修期間で教わるはずなのだが、そんなことも知らないのだろうか？

もしそうなら後輩にそれを教えるのは大事なことだろう。俺が確認をすると……。

「マナーだぁ？　実際の冒険じゃそんなもん関係ねぇよ。ここじゃ先に攻撃を当てた方に権利があんだよ！」

ところが、後輩冒険者はありえない発言をした。俺は驚き、大きく目を見開いた。

「なー、みんな。そうだよなー？」

周囲に陣取っていた冒険者パーティーは、全員が知り合いらしく、ニヤニヤしながら同意をしていた。

「こいつよく見たら、例のスキルなしのゴブリン専門じゃね？」

そのうちの一人が俺の素性に気付いたらしく、指を差してきた。

「なんだよ、じゃあ俺たちはこいつを助けてやったってことか。むしろ礼を言われるべきじゃねえのか？」

周囲から嘲笑う声が聞こえ、俺は剣の柄を強く握りしめる。これまでも、先輩冒険者や同期冒険者から似たような扱いを受けてきたのだが、後輩冒険者にまで噂が流れているとは思いもしなかった。

「おい、先輩よぉ。俺たちは冒険者になって一ヶ月でここまで来た実力者なんだよ。あんたみたいな落ちこぼれの指図なんて聞く気はねえ。目障りだからどっか行けや」

周囲から一斉に笑いが起こる。俺はその笑い声が収まるのを待ってリーダーの男に告げた。

「…………だな？」

「……あん、何だって？」

「先に攻撃を当てた方の獲物ってことで、いいんだな？」

俺は頭に血が昇り、周囲の連中を睨み付けた。

遠くに待機している冒険者たちが、ニヤニヤしながらこちらを見ている。

どうやら、周囲の冒険者にも争った経緯を伝えたらしい。

元々、冒険者ギルドでも、俺はこのような視線を向けられ続けてきた。

基本的に、冒険者は実力主義だ。そのせいもあってか、実力がないものは見下され「ああはなりたくない」と悪い見本にされる。

周囲の冒険者は、俺から獲物を奪う気満々らしく、常にこちらの動きを見張っている。

各パーティーの斥候が、それぞれ立ち位置を俺寄りにしているので、モンスターが湧いた瞬間に走り寄って攻撃を加えるつもりなのだろう。

モンスターが湧くまでの間、俺はひたすら待ち続けた。

しばらくすると、先程と同じ距離にモンスターが湧いた。今回は戦士ゴブリンが一匹だ。

「おーい、リーダー、こっちに湧いたぞ！」

斥候が大声で叫び、冒険者たちが立ち上がる。斥候が攻撃を一当てして権利を得てから叩くつもりなのだろう。

「はんっ！　諦めたか！　俺は同期の冒険者の中でも最速だからな。てめぇがいくら走っても無駄だ！」

勝ち誇った笑みを浮かべ、戦士ゴブリンへと走り寄る。他の冒険者も斥候が権利を取ることを確信し、こちらに向かって走っていた。

まもなく斥候が戦士ゴブリンに迫り、ダガーでモンスターの背中を斬りつけようとした瞬間。

「『ファイアアロー』」

俺が懐から取り出したロッドを構えると五本の火の矢が発生する。

「何っ!?」

火の矢は飛んでいくと戦士ゴブリンへと直撃し、大きなダメージを与えた。

「ゴブブブブッ!?」

俺は装備をショートソードに持ち替え、戦士ゴブリンへと接近する。

「て、てめぇ。魔法なんて使えたのかよっ！」

怒鳴ってくる斥候を無視すると、俺は戦士ゴブリンを斬りつけた。

「ゴフッ」

ファイアアローでダメージを負っていたせいもあってか、一撃で倒すことができた。

俺は、まだ魔力に余裕があることを確認すると、ショートソードを鞘へと収める。そして死体が吸収されるのを確認し、落ちていた魔石を回収して自分が陣取っている木の下へ戻る。

「待てよっ！」

リーダーの男が怒りを滲ませ俺を睨み付けていた。後ろには他の冒険者もいて、走ってきたせいか全員息を切らせている。

「俺は次に備えたいんだが、まだ何か用か？」

「てめぇ、スキルなしじゃなかったのかよ？」

騙されたかのような態度をとるが、勝手に勘違いしたのは向こうだ。スキルを使えないなんて一言も口にしていない。

「最近スキルを習得してな、お蔭でこうしてダンジョンに入れるようになったんだ」

黙り込むリーダーの男。少しは反省したのかと思って声を掛ける。

「もし謝るのなら、ここらで手打ちにしても構わないぞ？」

魔法を見せたことで自分たちが有利ではないと理解しただろう。今なら和解もできるのではないかと思ったのだが……。

「調子に乗るなよ？　たかが戦士ゴブリンを一匹奪っただけだろうがっ！　中途半端な剣技と魔法があったところで、一人でやるには限界があるんだよっ！　複数湧きには手出しできるはずがねえ！」

仲間に「戻るぞっ！」と怒鳴りつけて自分たちの陣地へと戻っていく。どうやらまだやるつもりのようだ。

俺はその姿を見送るとステータス画面を操作する。向こうが引く気配がない以上、こちらもさらなる一手を打つべきだろう。

しばらく待っていると違う方向にモンスターが湧いた。次は戦士ゴブリンと戦士コボルトだ。

「お前らそいつにとらせるなっ！！！」

リーダーが目を血走らせながら必死に怒鳴る。

先程よりも速く斥候が走るのだが……。

「『アイスアロー』」

今度は氷の矢が五本出現して二匹に飛ぶ。

「「ゴブフンッ!?」」

今度も攻撃を当てると斥候がピタリと止まった。俺が権利を得たので、ショートソードを抜き、ゆっくりと近寄る。

そして既に傷を負っている二匹を、やつらに見せつけるように斬り捨て、元の場所へと戻った。

「ふざけやがって！　向こうが遠距離攻撃を使うならこっちも使えっ！」

顔を真っ赤にして怒鳴りつけるリーダー。今度は魔道士を配置してきた。

「無駄だと思うぞ……」

これまでの検証で、魔法や矢などの遠距離攻撃を正確に当てるには『器用さ』が必要だと知っている。俺は『ステータス操作』で数値を上げているので、かなりの距離まで当てられる自信があるが、先程の矢での攻撃を見る限り、冒険者になって一ヶ月程の人間では、初期ステータスが良いなどの理由がない限り、そこまでの『器用さ』はないだろう。

「湧いたぞ！　絶対に仕留めろっ！」

そうこうしている間に、別な方向でモンスターが湧きだした。

魔道士が杖を構え、俺も同じく魔法の準備をする。

「『ファイアアロー』」

「『ロックシュート』」

スキルレベルに応じで本数が増えるのだが、彼女はまだ一本の火の矢しか出せないらしい。対する俺は五つの岩の塊を撃ち出した。

魔道士の火の矢は見当違いな方向へ飛んで行ったのだが、俺が放った魔法は全弾モンスターへと直撃する。

「ふざけんなっ！　何、外してるんだよっ！」

「む、無理ですよっ！　あの距離を確実に当てるなんて！」

よほど苛立っているのか、リーダーの怒鳴り声がここまで聞こえてきた。

「こっ、こうなったらルールなんて関係ねえ！　あいつの魔法で弱ったところを叩く！」

終いには無茶苦茶言い出した。俺はステータス画面を開くと、STを消費して、あるステータスに振る。今のモンスターが受けたダメージから見ても後少しで……。

「い、一気に来たぞっ！」

四方に大量のモンスターが湧く。囲んでいたパーティーたちが血眼になって突撃してくるが……。

「『ファイアアロー』『アイスアロー』『ウインドアロー』『ロックシュート』」

「「「ななななななぁっ⁉」」」

連続ですべての方向に違う魔法を放ってみせる。

「ひっ！　ひるむんじゃねえ！　とどめだけでも奪いとれっ！」

そんな指示をするリーダーに教えてやる。

「残念だが、そいつらはもう……死んでいる」

俺は改めてステータス画面を確認する。

名前：ティム　年齢：16　職業：魔道士レベル19
筋力：１４２　敏捷度：１２８　体力：１２５
魔力：１７４＋38　精神力：１４９＋19　器用さ：１５４＋19　運：54
ステータスポイント（ST）：0
スキルポイント（SP）：２２９
ユニークスキル：『ステータス操作』
スキル：『剣術5』『バッシュ5』『ヒーリング5』『取得経験値増加5』『取得スキルポイント増加5』『取得ステータスポイント増加5』『パリィ5』『後方回避5』『ファイアアロー5』『アイスアロー5』『ウインドアロー5』『ロックシュート5』『瞑想5』

魔法攻撃力に影響を与える『魔力』を強化したお蔭で、湧いたモンスターはすべて一撃で倒せるようになっていた。

★

「何？　ダンジョン内でトラブルだと？」

「ええ、ダンジョンの三層で冒険者同士の争いがありました」

冒険者ギルドの執務室にて、ギルドマスターはサロメから報告を受けていた。

「揉めたのは昨年冒険者登録をしたティムという E ランク冒険者と、今年冒険者登録をした E ランク冒険者二十五名です」

「ああ、そう言えばいたな……確かスキルが発現せず、ずっとゴブリン狩りをしていた少年だったか？」

ギルドマスターはティムの顔を思い出す。研修期間中、一際真面目に取り組んでいたのが印象に残っていたからだ。

「彼は確かスキルがなくてゴブリンしか狩れないはずだったのでは？」

「それが……どうやら最近スキルを獲得したらしく、事実コボルトを討伐しております」

その言葉を聞いてギルドマスターは眉をピクリと動かす。サロメの報告するところの意味を察したからだ。

「なるほど、それで実力を身に付けてダンジョンに潜ったのだな？」

諦めずに挑み続けた成果だろう。過去にもスキルの発現が遅かった人間が存在した。

そういった人間たちこそ歴史に名を残していることを、ギルドマスターは知っている。

「三層と言えば低ランク冒険者の稼ぎ場として有名だったな。おそらくそこで獲物の奪い合いが起きたのだろう」

毎年起きるいざこざの一つだ。一年遅れでダンジョンデビューしたティムが、そこで冒険者の洗礼を受けたということだと、ギルドマスターは判断する。

「とにかく両方の主張を確認するように」

問題が起こったのなら解決する義務がある。ギルドマスターは険しい顔でサロメに告げた。

「かしこまりました」

返事をするとサロメは退室する。

「それにしても……」

ギルドマスターは、決して諦めることなくゴブリンを狩り続け、とうとうスキルを発現させ『覚醒者』となったティムに興味を持った。

「俺の推測が正しければ、近い将来ギルドを代表する冒険者になるのはそいつかもしれないな」

★

「あっ、ティムさん！　やっと来てくれましたね！」

いつものように、冒険者ギルドを訪れた俺に、サロメさんは慌てて駆け寄ってきた。

「どうかしましたか？」

「えっと、昨日の件について、ギルドマスターが話を聞きたいと」

「えっ？　ギルドマスターが？」

昨日の揉め事の件については、俺とリーダーの男がそれぞれの主張を、ギルド職員へと告げている。

処罰があるだろうと覚悟はしていたが、まさか、ギルドマスターが動く程の事件になるとは思わなかった。

「とにかく、急いでこちらに！」

サロメさんは俺の腕を掴むと、ギルドの奥へと引っ張る。

「ギルドマスター、連れてきました」

部屋の中に入ると、執務机に腰を預けている中年の男の姿があった。

ただそこにいるだけだというのに、凄みを滲ませている。この男がヴィアの冒険者ギルドのギルドマスターだ。

ギルドマスターの正面にはソファーがあり、そこには昨日横取りをしてきたパーティーのリーダーが座っている。血の気の引いたような顔をしており、相当緊張している様子だ。

「きたか。それじゃあ、早速始めるとするか」

俺にリーダーの横に座るように指示すると、ギルドマスターは向かいのソファーに腰を下ろす。

ギルドマスターがじっと俺を見てくるので圧倒されかけたのだが、俺が目を逸らさずにいると口を開いた。

「昨日、ダンジョンの三層でお前らは争った。間違いないな?」

「はい、間違いありません」

簡潔な問いかけに俺は即答する。

「それは……その……」

はっきり答えた俺と違い、リーダーの男はごにょごにょと濁す。

「どうなんだっ!」

「ひっ! そうですっ!」

テーブルを叩かれ、リーダーの男は怯えながら答えた。

「双方の言い分を聞く。真実を話せ」

ギルドマスターの言葉に、リーダーの男は顔を赤くして興奮すると話し始めた。

「こ、こいつが悪いんだ! 俺たちの獲物を遠距離から魔法で奪いやがったからっ! 全部こいつのせいだっ!」

リーダーの男が俺を指差し非難する。

「事実か?」

ギルドマスターが俺を睨みつける。普通なら震えそうになる視線だが、俺にやましい部分はないので平然と流す。

「いいえ、最初に俺の獲物を奪ったのは彼らです。そして『先に攻撃を当てた方に権利がある』と主張してきたのでその通りにしました」

「と、言っているが、どうなんだ？」

「う、嘘だっ！　最初に奪ったのはこいつで、俺たちはそのことについて抗議した！」

「確かに、彼らの仲間から多数の報告が上がっており、証言と一致しています」

サロメさんが淡々と補足をする。

「へへへ、それが真実だからなぁ」

余裕を取り戻したのか、リーダーの男はいやらしい笑みを俺に向けてきた。

「二人とも、何か申し開きはあるか？」

「ざまぁねえなっ！　無能がでしゃばるから、こんな問題になるんだよっ！　消えちまえっ！」

横から煽ってくるリーダーの男の言葉を無視すると、俺はギルドマスターに返事をする。

「彼らの横取りから始まったとはいえ、俺も大人げなかったと今は反省しています。他に三層を利用していた冒険者には悪いことをしたと思っていますよ」

頭がかっとなって相手の土俵で戦ってしまったが、他にやりようがあったのではないかと後から考えたのだ。

「なるほど、どうやら結論は出たな」

ギルドマスターは納得した様子で目を閉じるとそう言った。

「はっはっは、あばよっ！　万年Fランク冒険者」

「そっちの男を含む二十五名は、半年間、ダンジョンへの立ち入りを禁止する」

「はっ？　えっ？」

ギルドマスターの意外な裁定に俺は目を大きく見開く。

「なんで……俺たち……が？」

ショックを受けたのか震えているリーダーの男。

「揉め事の際に三層にいた他の冒険者から証言が上がっています。ティムさんはあなた方に絡まれてやり返しただけだと。そしてあなた方二十五名は、これまで他の冒険者にも同様の嫌がらせをしていましたね？　その苦情も多数上がってきていますから」

サロメさんが報告書を読み上げる。

「ギルドだって馬鹿じゃねえんだ。当事者同士の証言なんてあてにするかよ。最初から裏はとってあったんだ」

ギルドマスターとサロメさんの言葉を聞き、リーダーの男は目を血走らせた。

「ふざけんなっ！　だったらこいつも立ち入り禁止にしろやっ！　ギルドがひいきすんのかよ

っ！」

リーダーの男は、俺を道連れにすべく、そう主張する。

「彼の態度次第ではそれもあり得たが、今のやり取りで反省している様子が窺えたからな。褒められたやり方でないことは確かだが、今回は軽い罰を与えるつもりだ」

ギルドマスターはそう言うと俺を見た。

「それでは、そいつらの手続きを頼む」

数人の冒険者が入ってきて、リーダーの男を拘束する。

リーダーの男はまだ何かわめいているが、もはや裁定は覆らない。そのまま連れていかれた。

「それでは、私も失礼させていただきます」

サロメさんが出ていき、俺とギルドマスターの二人きりになった。

俺も退出して良いのかどうかで悩んでいると、ギルドマスターは姿勢を崩した。

「さて、邪魔ものもいなくなったし、少し話をしようか？」

どうやら俺はまだ解放してもらえないらしい。何を言われるのか警戒していると……。

「それにしても……一年間、本当によく頑張ったな」

唐突に聞こえてきた労いの言葉に、思わずギルドマスターの顔を見る。

「昨日までの成果は、お前が冒険者を諦めず努力した結果なのだろう？」

先程までとは違い、威圧感がなりひそめている。どうやら俺が『覚醒者』だということに気付いているようだ。

「ごくまれに、お前のようなやつが現れるんだ。皆と同じタイミングでスキルが発現せず、ふとした拍子にスキルを得て、あっという間に同世代のトップへと駆け上がる。『覚醒者』と呼ばれる冒険者がな」

俺は頷く。『ステータス操作』のユニークスキルを得た俺が、まさにその状態だったからだ。

「それがわかっているのなら、スキルが発現しない人間にも、支援をしてくれても良かったのではないですか？」

実際、スキルが発現するまでの生活はギリギリだった。

武器もずっと同じ物を修理して使っていたし、その日泊まる宿に困ることもあった。

「そうしてやりてぇのは山々だが、大半は本当にスキルを取得すらできねえからな。すべての冒険者に支援をとなると、ギルドの財布が空になってしまう」

ギルドマスターの本心なのか、苦い表情を浮かべた。

「とにかく、ギルドとしてはこうして上がってきたお前に、期待をしているってことだ。人格にも問題がないのは、今しがた確認したからな」

「人格……ですか？」

「過去に後からスキルを取得して成り上がったやつの話はしただろ？　中にはこれまで押さえつけられてきた反動で傲慢な振る舞いをするようになったやつもいる。急に扱えるようになった力に振り回されて自滅したやつもだ」

ギルドマスターは、そういった人物が辿った末路を俺に聞かせてくれた。

「スキルが発現したばかりのお前は今がまさに成長期だ。自分の力量を見誤って死んだりしないように気を付けろよ？」

「……肝に銘じておきます」

これまで、様々な冒険者を見てきた人物の忠告だ、聞いておいた方がいいだろう。

「それで、俺はもう退出しても良いのでしょうか？」

話は終わったようなので、そろそろダンジョンに潜りたいのだが……。

「さっきも言っただろ、お前にも罰があるって」

すっかり忘れていた。どのような罰を受けることになるのか緊張してきた。

「何、そんなに重い罰じゃねえさ。後のことはサロメにでも聞いてくれ」

そう言われた俺は、退室するとサロメさんの下へと向かうのだった。


「あっ、ティムさん。お疲れ様です」

ギルドマスターの部屋を出て受付に向かうと、サロメさんから声を掛けられた。

「えっと、今回揉めた件の処罰について、サロメさんから話を聞くように言われたんですけど……」

一体どのような罰なのか気になり、俺はドキドキする。

「ええ、伺っていますよ」

彼女は微笑みながら内容を告げる。

「ティムさんには、とある冒険者の面倒を見ていただこうと考えています」

「俺が……冒険者の面倒を見る？」

予想外の言葉に戸惑いを覚える。

「言ってておなしくなりそうなんですけど、そもそも俺は最近までFランク冒険者だったんですよ？　そんな人間が面倒を見ると言ったところで、相手は反発するんじゃないですか？」

先日の嘲笑が耳に残り、胸が痛みを発する。

先輩冒険者や同期冒険者、一部の後輩冒険者にまで俺がスキルなしだという噂は伝わっている。そんな俺が面倒を見ると聞いて喜ぶはずがない。

「それは昔の話でしょう。少なくとも、これまで多くの魔石を持ち帰り、三層で他の冒険者を圧倒したティムさんなら、実力は十分だと思います」

サロメさんはそう言うと保証してくれた。

「実はその冒険者というのが、今年登録した子なんですけど、先日パーティーから追放されてしまったんです」

サロメさんは頬に手を当てると、悩まし気な表情を浮かべた。

「それはもう、追放された時点で話が済んでるんじゃないですか？」

実は最初の一ヶ月で、冒険者の資質はある程度見えてくる。実力のある者は頭角を顕し始め、ない者はパーティーから追い出され冒険者を辞めていく。

思ったように成長できずに、周囲から置いて行かれるのは何も特別な話ではないのだ。

冒険者になる以上覚悟はするべきだし、下手に危険な依頼に首を突っ込んで死ぬ前に身を引くのも選択肢の一つだ。

「ところがその子の実家が特殊でして、はいそれで終了と言うわけにもいかないんです。本人も諦めていないですし……」

どうやら負けん気の強いやつらしい。境遇や諦めの悪さが自分に似ている気がして共感する。

「なので、ティムさんが受ける罰は、当分の間、その子の冒険者活動の面倒を見ることになります」

処罰と言うのなら断ることもできない。俺は溜息を吐く。

「わかりました」

自身もいまだに未熟な身の上なのに後輩の面倒を見ることになり、内心不安になるのだった。

「さて、どうしたものか……」

俺はアゴに手を当てると悩み始めた。

先日、他の冒険者と揉めた罰として、新人冒険者の教育を命じられた。

何でも、複雑な事情がある家の子らしく、単純に冒険者を諦めるという判断はできないらしい。

俺にしても、まだ自分の能力すら把握しきれていないのに、他人を指導するなんて不安でしょうがない。

だが、相手が新人冒険者の手前、表情に出すわけにもいかない。

「とりあえず、なるようになるか……」

結局のところ、俺が何を言おうと本人の意志の問題だ。数日冒険で連れまわしてやれば厳しさに耐えかねて勝手に辞めるかもしれない。そうなれば、俺も御役御免になるわけだし、少しの辛抱だろう。

俺はその冒険者と合流すべく、宿を出て冒険者ギルドへと向かった。

「は、初めまして、ガーネットと申します」

目の前では白いローブに身を包んだ女の子が頭を下げ、挨拶をしている。儚げで、自信がなさそうで、杖を胸に抱いてこちらを見ている。

何より目を引くのは、思わず見惚れてしまう程整った顔立ちで、一つ一つの動作が洗練されていて、育ちの良さが窺える。

「あ、あの……？」

俺が固まっていると、ガーネットは不安そうに顔を覗き込んできた。小動物のような愛らしい仕草で、男なら守ってやらなければと思ってしまいそうな表情をしている。

「あー、いや。何でもない」

ここにきて俺は自分が勘違いしていたのだと気付く。

よく考えれば、サロメさんは新人冒険者の性別を一度も口にしていなかった。俺が勝手に男だと勘違いしていただけだ。

「俺はティム。現在はEランク冒険者をしている。これからよろしく頼む」

そう言って右手を差し出す。

「あっ、はい。こ、こちらこそよろしくお願いします。ティム先輩」

ガーネットはそう言うと、力強く俺の右手を握ってきた。その表情からして緊張しているのがわかる。

「その恰好を見る限りだと、後衛の治療担当かな？」

「は、はい。い、一応『ヒーリング』と『アイスアロー』で氷矢を一本出せます」

「それは凄い」

僧侶のスキルである『ヒーリング』と魔道士のスキルである『アイスアロー』を使えるというのは汎用性が高い。

サロメさんから聞いていたガーネットの前情報はでたらめではないか？　まずは何か依頼を受けてみよう。

「とりあえず、ソロ冒険者としてやっていきたいんだっけ？　まずは何か依頼を受けてみよう」

これなら、幾つかの依頼を単独でこなせば自信もつく。そう考えた俺は、ガーネットに依頼を選ばせた。


温かい風が頬を撫でる。

最近はずっとダンジョンに籠っていたため、こうして街の外をのんびり歩くこともなかった。

今回の罰も、骨休めをしているのだと思えば、そんなに悪くない。

「もう少し先に行ったところに森がある。モンスターもあまり生息していなくて、駆け出し冒険者が良く採取をしているから比較的安全な場所だ」

「はい、頑張ります」

ガーネットが受けたのは、薬の材料になる薬草の採取だ。

道中確認したところ、彼女はこれまでモンスターを一匹も倒したことがないと言っていた。

普通、冒険者を一ヶ月もやっていればゴブリンなどにとどめを刺す機会の一度や二度あるものだが、この儚げな姿を見れば理由は想像が付く。

おそらく、パーティーメンバーの男たちが代わりにやっていたのだろう。

今回、薬草の採取依頼を受けたことから、彼女には、生き物を殺す覚悟がないのかもしれない。

冒険者を辞めるならそれでも良いが、もし続けるつもりならこれはまずい。

依頼を受け続ければ、モンスターと遭遇することもあるのだ。その時になって躊躇っていては、思わぬ反撃で死ぬ危険がある。

一度どこかのタイミングで、戦えるように指導した方が良いか考えていると、森に到着した。

街から二時間程離れた場所にある森まで休憩なしに歩き続けた。彼女は特に息を切らしている様子もなく、森を見ている。

「確認しておくが、今日の依頼は『薬草二十個の採取』だったな?」

「はい、そうです」

「薬草の見分け方はわかるか？　森に入る時は必ず木に矢印をつけながら入れ」

「大丈夫です」

元々、Ｆランクが受ける依頼なのでそれ程心配はしていない。モンスターが現れたら倒してやるくらいの考えで後ろからついていく。

「あっ、ありました」

少し歩くと薬草が生えている。

「薬草は同じ場所にふたたび生えやすい。自分なりに場所を覚えておくと、次に来た時に採取が楽になるぞ」

「はい」

「後は一本だけ残しておいた方が良い、そうすると隣に生えやすくなるんだ」

「わかりました」

今話している採取テクニックは、冒険者になる研修課程で講師から教わるものだ。ガーネットも知っているのだろうが、生真面目なのかいちいち律儀に頷いてくれた。

彼女は腰を少し落としながら茎を掴む。

「あ、それだと抜くのに――」

薬草は根元から抜いた物を一個として扱うのだが、根がしっかり生えている場合、抜くのに力がいる。

あのような中腰では力を入れることができないので、転んで怪我をする前に注意しようかと思ったのだが……。

「えいっ！」

ズボッと音がして薬草が根っこから抜ける。根から土がパラパラと零れ落ち彼女のローブを汚した。

彼女は土を丁寧に払うと採取した薬草の根を濡らした布でくるんだ。

「こうしておくと長持ちすると聞いたんです」

俺が見ているとそう答える。

大抵の冒険者はそこまではしない。萎びていようがもらえる報酬は同じだからだ。

彼女なりの気遣いに感心した。

「まあいい、この調子でどんどん探して行ってくれ」

どうやら思っていたよりも力はあるようなので、俺は言葉を引っ込めると彼女に次の薬草を探すように指示を出した。


「ふぅ、だいぶ集まってきました」

背負っていた袋を持つと、ガーネットは息を吐いた。

袋の中には既に十数個の薬草が入っている。

街から歩き通しで森に入り、その間ずっと薬草を探して歩き回っている。見かけとは裏腹に体力があるようだ。

この調子なら、後一時間もあれば必要数を採取して街に戻れるのではないかと考えていると
……。

「ゴブブブッ!」

野生のゴブリンが現れた。

「テ、ティム先輩……」

先程まで黙々と薬草を採取していたガーネットが、振り返り、不安そうな顔で俺を見る。

俺はふと考えると、

「アイスアロー使えるんだったよな？　ちょっと使ってみてくれ」

せっかくの機会なので、彼女の魔法を見ておくことにした。

「えっ……でも……」

まさか戦いを命じられると思っていなかったのか、彼女は戸惑った。

「いいからやるんだ」

俺が強く言うと、彼女は薬草が入った袋を地面へと下ろすと杖を構えた。

ゴブリンとの距離は遠い。森の中ということもあって障害物も多いので、よほど『器用さ』が高くなければ当てるのは無理だろう。

俺が今回確認したかったのは、彼女の覚悟だ。

薬草の採取依頼を受けていれば、今回みたいにモンスターと遭遇してしまう。

先程、彼女はゴブリンが出た瞬間に振り返って俺を頼ろうとした。

サロメさんから面倒を見る約束をしたので当然守るつもりだが、守ってもらえる前提で冒険者をやっているのなら諦めさせた方が良い。

怖かろうが命を奪うのが嫌だろうが、ガーネットは自分の意志でモンスターを攻撃しなければならないのだ。

「い、行きますっ！」

魔法を発動するまでの魔力の収束に意外と時間がかかった。ゴブリンは迷うことなくガーネットを目指していたため、大分接近されている。

これなら流石に当てられるだろう。そう考えたのは俺だけではなかった、表情がはっきり見えるようになったゴブリンもガーネットが魔法を用意していたことに気付き、焦りを浮かべていた。

「『アイスアロー』」

杖をかかげるとガーネットの前に氷矢ができる。彼女はそれをゴブリンめがけて放つと……。

「えっ？」

「ゴブッ？」

「はぁはぁ……や、やりましたか？」

両手を膝に置き、息を切らせたガーネットが顔を上げる。

「えーと……」

「ゴブブブ……」

俺とゴブリンは気まずそうに顔を見合わせると、ガーネットを見る。

彼女が放った『アイスアロー』は細く、ゴブリンの胸に当たった瞬間に砕け散ってしまった。

「あわあわわわ……どうしてですか。全力を込めたのに無事だなんて……」

気を取り直して襲い掛かるゴブリンと、慌てて足をもつれさせ仰向けに倒れるガーネット。

「た、助け……たすけて……」

ゴブリンに覆い被さられ、恐怖で声が出なくなっているガーネット。ローブを引っ張られ、足をバタバタさせて抵抗している。思っているよりも抵抗が激しいのか、ゴブリンは彼女を押し倒すのに必死になっており、こちらへの注意が散漫になっている。

「ゴブッ！」

俺は剣を一閃すると、ゴブリンの命を絶った。


「も、申し訳ありませんでしたっ！」

後ろからガーネットの声がする。

あれから、ガーネットは身体に力が入らなくなり、身動きが取れなくなってしまった。

こうなると薬草の採取どころではないので、今回の依頼は失敗となり、俺は彼女をおぶってヴィアへと戻っている最中だ。

「いつもは二発くらい撃っても何とか動けるんですけど、今日は調子が悪かったみたいで……」

魔法の中でもっとも簡単なアロー系で二発までというのなら大差はない。彼女は本当に『アイスアロー』が使えるだけだった。

「まさか『ヒーリング』も二回で終わりとか言わないよな？」

「そ、そっちはちゃんとできますっ！」

「何回だ？」

言い返してきたガーネットに俺は質問する。

「……回です」

自信なさげに呟くせいか、至近距離にいるはずの俺にも聞き取れない。

「聞こえなかった。もう一度言ってくれ」

「…………ううう。五回って言っているじゃないですか。意地悪」

泣き言が聞こえた。おそらく、このことは彼女にとってのコンプレックスになっているのだろう。

戦力として数えられない魔法に、何度も使えない治癒魔法。

これまで、どのような言葉を浴びせかけられてきたか想像がつく。

「ティム先輩も呆れましたよね？　もう、指導する気も失せてしまったんじゃ……？」

不安そうな声が聞こえ、自虐的な笑いが後に続く。

「そんなことはない。言っておくがガーネット、世の中にはもっともっと駄目なやつだっているんだからな？」

「そ、そうなのですか？」

俺が別な話を持ち出すと、ガーネットは身体を寄せて聞いてきた。

俺はここぞとばかりに、その駄目なやつの失敗体験を面白おかしく話してやると……。

「ぷっ、本当にそんなドジってあるんですか。あははははは」

背中からガーネットの笑い声が聞こえてきた。この様子なら大丈夫そうだな。今話したのは、かつての俺の失敗談だったのだが、彼女を立ち直らせることができたのなら無駄ではなかった。

「どうして、ティム先輩は、ここまでしてくださるのですか？」

罰の内容はガーネットの面倒を見ること。好きに依頼を受けさせ結果を見守ればよいだけだ。親身になる必要はないと彼女も理解している。

正直なところ、俺はガーネットがまったく使えないやつだとは思っていないからだ。

薬草の採取に対する丁寧なケアや、一言も音を上げずに黙々と依頼に取り組む姿勢。

俺がこれまで見てきた先輩や同期、冒険に慣れたころの後輩に比べれば付き合っていて気持ちよさすら感じる。

「そんなのは決まっているだろ？」

俺は振り返ると今思っている気持ちを……、かつて望んでいて、手に入れることができなかったものを思い浮かべる。

「先輩は後輩の面倒を見るものだからな」

そう笑って見せるとふたたび歩き出した。

しばらくの間、無言でいたかと思うとガーネットは身体を俺に預けてきた。体温が高く、心臓の音が背中越しに伝わってくる。

彼女は俺の耳に顔を寄せると。

「……ありがとうございます」

そう囁いた。

御礼を言われた俺は、そんな彼女に対し声を掛けた。

「明日からまた頑張ろうな」

首筋に回された腕に力が入る。これが彼女の返事のようだった。

「うーん、今日も混んでいるな」

冒険者ギルドに戻った俺は、サロメさんに初日の報告をしようと考えていたのだが、彼女は元々人気の受付嬢なので繁盛時は込み合っている。

ガーネットの世話について、色々と話しておきたいこともあったのだが、あれではいつになるかわからない。そう考えていると、彼女が戻ってきた。

「ティム先輩。半分成功扱いにしてもらえました」

彼女には依頼失敗の報告をしてくるように言っていた。採取した薬草は必要数には足りなかったが、一応指定の半数以上あったため、冒険者ギルドにある在庫と合わせることで、手心を加えてもらえたらしい。

「良かったな」

「はいっ！」

朝の怯えていた時とは態度が違う。どうやら一日一緒に行動したことで少しは気を許してくれたらしい。

「とりあえず、今日はここで解散だ。明日はまた別な依頼を受けて街の外に出よう」

「今度こそ頑張ります」

俺がそう言うと、ガーネットは拳を握り、気合を入れたようだった。

「ふぅ、やっぱり一日一度は身体を動かさないとな」

ガーネットとわかれてから、俺が向かったのはダンジョンだった。

基本的にダンジョンは街の中心に存在する。

理由は元々ダンジョンがあったところに街ができたからだ。

ダンジョンは生活に必要な様々なアイテムを落とすので、自然と人が集まる。

生活に必要な魔導具を動かすための魔石であったり、ダンジョンドロップのポーションなどの消耗品であったり。その他にも鉄やミスリルなどの金属から、嗜好品まで……。

そのせいもあってか、ダンジョンのアイテムを買うために商人が集まり、冒険者に装備を売るために武器屋や防具屋が集まり。人が集まるので、食堂や酒場などが建てられる。

俺は本日、ガーネットの付き添いをしただけで、まったくモンスターとも戦っていない。毎日それなりに疲れるまで戦っていたのに、これでは調子がくるってしまう。

そんなわけで、俺は晩飯を食う前に腹を空かせるため、ダンジョンを訪れていた。

「『ロックシュート』」

「「「ゴブフン!?」」」

目の前のモンスターがまとめて吹き飛んでいく。魔力が高いため、三層のモンスターならこうして反撃させることなく倒すことができるのだ。

「うん、このくらいで帰るとするか」

空腹を感じ始めたので頃合いだと判断した。

最近は良く食うようになったので、酒場で結構散財をしてしまうのだが、それなりに稼げているので問題はない。

そう考えると、今日こなしたガーネットの依頼などでは食いつなぐのが精一杯だろう。

「ガーネットといえば……どうしたもんかねぇ」

魔道士としては絶望的、僧侶としては何とかなるかもしれないが、治癒魔法の回数が少ないとなるとあまり危険な真似はできない。

「このまま諦めさせるべきなんだろうか？」

背負った時に彼女が震えていたのがわかった。

あれはモンスターが怖かったのではなく、自分の力が足りていないことに対する悔しさだろう。

彼女の姿が過去の自分と重なる。そう考えるとどうにかしてやりたくなるのだが、俺には彼女を強くしてやることはできない。

結局答えが出ることなく、その日は宿に戻ると眠ってしまった。


「おはようございます、ティム先輩」

翌日。冒険者ギルドに顔を出したところ、ガーネットが既に待っていた。

壁掛け時計を見ると、待ち合わせの三十分前。一体いつからいたのだろう？

「おはよう、すっかり元気そうだな」

顔を覗いてみるが、昨日の失敗を引きずっている様子はない。

彼女は、はきはきした態度で、今日受けた依頼の内容を報告する。

「今日は『ミスティカの苔』の採取依頼を受けてきました」

『ミスティカの苔』は解熱作用があるので薬の材料になる植物だ。水辺周辺の岩に付着しており、採取が面倒なので、薬草とともに依頼がよく掲示板に貼られている。

「となると川まで行く必要があるな」

森の次は川ということで、俺はガーネットを連れて今日も街の外に出掛けることになった。

「きゃっ、水が冷たいです」

ガーネットはローブを外し、靴と靴下を脱ぐと素足で川へと入っていく。

『ミスティカの苔』は岩肌に付着しているので、採取するには、こうして身体を水に濡らす必要がある。

「苔が生えている岩は滑りやすい。足を滑らせて転ばないようにな」

俺は彼女の方を見ないようにしながら忠告をする。それと言うのもローブを脱いだ彼女が着ているのが白いドレスだったからだ。スカートの丈が短いため、彼女が屈むと見えてはいけない部分が見えてしまう。

そのことに気付いた俺は、いち早く視線を逸らしておいた。

彼女が苔を採取している間、俺は河原で火を起こして釣りをしている。

ガーネットが上がってきた時に服を乾かすために必要だし、魚が釣れたら焼いて食べるつもりだったからだ。

「わかりました、がんばります」

ガーネットは素直に俺の忠告を聞くと、真剣な顔をして水面を見つめる。

そして苔がある岩を持ち上げると、

「よいしょっと」

そのまま河原まで持ってきた。

「やっぱり地面がある場所の方が採りやすいですね」

あっけに取られている俺をよそに、ナイフを取り出すと岩から苔を剥がして瓶に詰めていく。

普通なら瓶を河原に置いて削いだ苔を何往復もしながら一杯にするのだが、岩ごと運ぶとはなかなか大胆な採取方法だ。

（もしかすると……）

ふと、彼女の可能性について一つの推測がよぎるのだが……。

「きゃあっ！」

「大丈……ぶっ！」

悲鳴が聞こえたので、ガーネットの方を見る。足を滑らせ川に落ちた彼女の姿があった。

「えへへへ、転んでしまいました」

自分のドジを見られて恥ずかしそうな表情を浮かべているのだが、問題はそこではない。

「ティム先輩？」

俺が無言でいることを不審に思ったのか、ガーネットが声を掛けてきた。

「い、いや、何でもない。ちょっと、魚がかかった気がしただけだ」

俺は咄嗟に誤魔化す。

「そうでしたか！　一杯釣れるといいですよね！」

彼女は満面の笑みを浮かべると俺にそう言ってきた。

俺は溜息を吐くと、先程、水浸しになった彼女の姿を思い浮かべた。白いドレスが水に濡れたことで肌が透けているという事実を指摘するべきか、俺は複雑な悩みを抱えるのだった。


「んー、ティム先輩が釣ってくださったお魚美味しいです」

頬に手を当てて幸せそうに魚を食べるガーネット。育ちの良さが窺えるので、こういった食事は苦手だと思っていたが、特に気にすることなく魚の身をついばむように食べている。

あれから、あっという間に目標の苔を手に入れた彼女は、濡れた服を乾かすため焚火の前に座り込んでいる。俺は結局、服が透けていることを指摘しないことにした。

「店で食べる魚料理とはまた違った味わいです」

そのせいで、服が乾くまでの間、彼女の方を見ることができないでいるのだが……。

「ティム先輩？　顔が赤いですけど、どうかなさいましたか？」

そんなことに気付く様子もなく、彼女は俺に話し掛けてきた。

「い、いや……。何でもない！　焚火が熱いせいだよ」

咄嗟に言いわけが口から出る。

「そういえば、一つ聞いてもいいか？」

「なんでしょうか?」

ガーネットが首を傾げる。

「治癒魔法は使えるんだよな? どうしてパーティーから追い出されることになったんだ? 曲がりなりにも『ヒーリング』を使えるんだ。冒険者になって一ヶ月なら、まだ外されるような状況でもないだろう」

すると、ガーネットは食べかけていた魚を下ろし、火を見つめる。

「嫌なことを思い出させたようだな、忘れてくれ」

これはよほどの目に遭ったのだと察する俺は、ガーネットにそう告げる。

「いいんです。ティム先輩にも聞いてもらいたいですから……」

そう言って俺を見たガーネットの瞳は、潤んでいて悲しそうだった。

「私のいたパーティは、男三人女二人の五人組だったんです」

静かな声で語り始める。

「私は治癒魔法が使えたので治癒担当で加入したんですけど、一向に上達せず仲間の足を引っ張っていたんです」

火が揺れて彼女の瞳の中で動いた。

「それでも一生懸命に働いていたのですが、ある日、パーティーメンバーの男の人たちから告白されたんです」

「人たちってことは、一人じゃないんだな？」

俺の問いにガーネットは頷く。

「パーティーにいる三人、全員に告白されました」

「そりゃまた……」

気まずいことこの上ない。もっとも、彼女の容姿ならそれも無理はない気がする。

「私はその告白を断り、それからもパーティー行動をしていたのですが、次第に彼らの態度が変化したのです」

魚を持つ手がギュッと閉まる。

「最初は別々に食事に誘うようになってきて、次第にエスカレートしていきました」

俺は黙って続きを促す。

「そして、つい最近になって『もしパーティーに残りたいのなら俺の恋人になれ』と言われたのです。私はそれを拒否しました」

冒険者パーティーが色恋沙汰で解散することは多く、彼女もその例に漏れず……ということだろう。

同じような話は以前、グロリアやマロンからも聞いたことがある。ガーネットも彼女たちのように整った顔立ちをしている。

あの二人も、色んな男たちに言い寄られた結果として、二人だけでパーティーを組んでいる。

彼女の瞳が揺れているのは焚火の揺れのせいではないだろう。不安そうな目で俺をじっと見る。ガーネットからすると、俺も男なので信用できないのではないだろうか？

「そうか、大変だったんだな……」

「はい。大変でした」

俺だけは、決して彼女に邪な想いを抱いてはいけないと考え、気を引き締めるのだった。

「それで、どうでしょうか、あの子は？」

その日の採取依頼を終えて冒険者ギルドに戻ると、ガーネットは依頼達成の報告をして宿へと引き上げていった。

俺は一度ダンジョンに潜り、日課の狩りを行うと夜遅くに戻り、サロメさんに報告をしていた。

周囲には他に人気もなく、薄暗くなったギルド内には俺とサロメさんしかいない。

「どうもこうも、真面目で素直な良い子だと思います」

一生懸命仕事に取り組んでいるし、何よりも気遣いができる。他人が手間と感じる採取依頼ならば普通にこなせるだろう。

懸念しているモンスターと遭遇した時の対処だが、最悪、森の仕事でなければ逃げることもできる。

この数日見ていてわかったが、ガーネットは『筋力』と『体力』があるので、継続的に仕事をこなすことを苦としない。

それらを踏まえて考えるなら、彼女が冒険者を続ける道もありだと思った。

「なるほど！　ティムさんは年下好きでしたか」

サロメさんが流し目を向けてくる。何やら探るような様子に俺は慌てて言い返した。

「いや、そう言う意味で答えてないですよね!?」

冗談は止めて欲しい。もし、今のような言葉が彼女に耳に入ってしまったら、俺も警戒されてこの先の指導がやり辛くなる。

「それより、彼女のスキルはどういうことです？『アイスアロー』に『ヒーリング』と異なる系統のスキルを身に付けているかと思えば、どちらも微妙という」

どのような経緯でああなったのか、事情を知っているサロメさんに問う。

「あの子の実家が複雑だという話をしましたよね？　彼女は幼いころから家庭教師を家に招いてスキルを覚えさせられたんだそうですよ」

本人からも聞かされていない出自についてサロメさんが語る。

「育ちが良さそうだとは思ってましたけど、まさか貴族か商家の娘なんですか？」

俺の問いにサロメさんは否定も肯定もせず、ただ笑みを浮かべるので、俺は逆に自分の推測が正しいと判断した。

貴族や商家の三子以降は、幼いころより家庭教師を雇ってスキルを習得することが多い。

実家を継げないので、子どものうちに技能を覚えさせ、将来安泰な生活を送らせるためだ。

「彼女はまず魔導士の家庭教師に師事して攻撃魔法を覚えたのですが……、結果はもう知っていらっしゃいますね？」

サロメさんの確認に俺は頷く。二発しか撃てないアイスアローをこの目で見たからだ。

「それで次に雇われたのが、僧侶の家庭教師です。治癒魔法を覚えるまでにかなりの時間が必要だったようで、それこそ血のにじむような努力をしたらしいです」

家のメンツにかけて治癒魔法を習得させられたということなら、俺の努力の比ではないだろう。

「結果として治癒魔法を習得できたものの、あまりの能力の低さに両親は落胆したらしいのです」

サロメさんは「その後、両親の反対を押し切って彼女は冒険者になった」とサロメさんは事情を付け加えた。

「経緯はわかりました」

正直、ガーネットには魔法に対する適性がまったくないと思う。このままであれば、俺のようにFランク冒険者として燻ぶり続け、やがてギルドを去って行くことになるだろう。

「どうしますか？　罰に関してはこちらの裁量で期間短縮して、終わらせることもできるのですが……」

サロメさんはそう言うと、探るような視線を俺に向けてきた。

「乗り掛かった舟です。見ていて危なっかしいところもあるので、しばらく見守りますよ」

周囲から疎まれている彼女を一人にしておくことはできない。俺はガーネットの世話を継続する旨を彼女に伝えた。

「ティムさんならそう言ってくれると思っていました」

サロメさんがホッと胸をなでおろす。最初から俺がそう答えるとわかっているようだった。

「よし、今日の依頼も終わりだ。お疲れ様」

ガーネットの面倒を見るようになってから、数週間が経った。

「ありがとうございます」

これまでの間、ガーネットは街の外での採取依頼をこなして、着実に実績を積み重ねていた。

戦闘こそまだ無理なのだが、彼女の丁寧な仕事ぶりは受けがよく、名指しでの依頼もぽちぽち出始めている。細々と冒険者を続けて行くだけなら何とかなりそうだ。

「あっ、まだ帰ってなかったんですね」

そんなことを考えていると、サロメさんがカウンターから出てきて俺たちに近付いてくる。

「どうかされたのですか？」

ガーネットは首を傾げるとサロメさんに問い掛けた。彼女の視線がガーネットに向いていたからだ。

「えっと、ガーネットさんに手紙が届いています」

ガーネットは手紙を受け取るとチラリと俺を見る。

「ここで待ってるから、読んでくるといい」

離れた場所に座ると、彼女は手紙を読み始めた。

サロメさんは、特に何か話し続けることもなく受付に戻ってしまったので、俺は周囲を見回していた。

しばらくして、ガーネットが戻ってきた。彼女は浮かない顔をしている。

「どうした？」

俺は聞いてみる。

「それが……。実家に用事で一度戻らなければならなくなりまして……」

せっかく順調に仕事をもらえるようになってきたのに、ここでの中断は痛い。

「ガーネットの実家ってどこだっけ？」

「王都です」

王都はここから馬車で二週間程の場所にある。

「その……、指導をお願いしている身で申し訳ないのですが……」

不安そうな表情を浮かべるガーネット。ここで中断したことで俺の手が離れると恐れているようだ。

「なら、続きは戻ってきてからだな」

「は、はいっ！」

俺がそう言うと、彼女は華のような笑顔を見せてきた。

「なるべく急いで戻ってきますので、引き続き御指導の程、よろしくお願いいたします」

丁寧に御辞儀をすると、彼女は帰っていく。

急な帰省ということもあり、乗合馬車の手配なんかもあるのだろう。

「しかし、そうなると時間が空いてしまうな」

急にできてしまった時間をどう使うか考えた俺は……。

「なんだかんだで俺も成長してきたし、ダンジョンの先を目指すか！」

久しぶりにダンジョンの攻略を進めることにした。

三章

「さて、今日からは、気を引き締めていかないとな」

翌日。俺は、実家に帰るガーネットが乗る馬車を見送ると、その足でダンジョンを訪れていた。

最近は、空いた時間での狩りだったため、二層か三層がメインだったとはいえ、毎日モンスターを倒していたので、それなりにレベルも上がりステータスが底上げされている。

今日からしばらくの間は一人なので、狩りをする時間がたっぷりある。

そんなわけで、俺は初めて四層へと下りてみることにした。

「まずはどのくらい厄介なのか、体験してみないとな」

本日四層に挑むにあたり、新調した装備を身に着ける。

鎧やプロテクター部分を革からミスリルへと変更し、新しいマントも用意した。

魔法を使う際、いちいちショートソードとロッドを持ち替えなければならなかったが、魔力を込められるショートソードに買い替えたので、このまま魔法を使うこともできるようになった。

これまで溜めてきた金を費やし装備を調え、万全の状態で四層を歩く。

「次の突き当りは左……その先二つ目の別れ道を右だな？」

サロメさんに用意してもらった四層の地図を片手に歩いていると、奥にモンスターの影が見えた。

戦士ゴブリンと戦士コボルト、それにコボルトアーチャーとゴブリンメイジ。四層に出現するモンスターはすべてこの編成になっているらしい。

俺は早速戦闘態勢に入ると、ショートソードを抜く。

次の瞬間、ゴブリンメイジが杖を掲げると、戦士ゴブリンと戦士コボルトの身体が白く輝いた。

「支援魔法か!?」

僧侶職をしていると支援魔法が使えるようになるとグロリアから聞いたことがある。

他人の身体能力を大幅に強化できるらしく、支援魔法の有無で戦闘の難易度が随分変わると。

いずれにせよ、このまま放っておくと、厄介なことになる。

「『アイスアロー』」

まずは相手の魔法を妨害するつもりで、俺は五本の氷の矢を生み出し、ゴブリンメイジへと放った。

「ゴブッ！」

「ガルッ！」

「何っ!?」

ところが、五本の氷の矢は、立ち塞がった戦士コボルトと戦士ゴブリンに突き刺さった。

「まさか、後衛を庇ったのか？」

三層までのモンスターは、それぞれ勝手に行動して襲い掛かってくるだけだった。

だが、四層のモンスターは支援魔法を掛けたり、攻撃から後衛を庇ったり、連携を駆使してきている。

「ガルッ！」

俺の手が止まった隙をついて、後衛のコボルトアーチャーが矢を射かけてきた。

「うわっ！」

遠距離から攻撃をされるのはこれが初めてということもあり、対処が遅れる。

矢はプロテクターに当たり、地面へと落ちた。

「買っといて良かった……」

衝撃からして、結構な威力があるようだ。前のレザーアーマーだったら貫通して、それなりの傷を負わされていただろう。

「厄介な相手だが、魔法をもう一発撃って、前衛を倒してしまえばいい」

魔法を防がれたことには驚いたが、既にダメージが蓄積している。もう一発撃ち込んで倒した後で後衛を攻撃すればよい。そんな風に考えていると……。

「ゴブヒール！」

前衛の二匹にゴブリンメイジが治癒魔法を使った。

「それは反則だろう！」

二匹の怪我が治っていく。治癒魔法まで使われると厄介どころではなくなってしまう。

「『ファイアアロー』」

黙って見ているだけでは完全に回復されてしまう。前衛の二匹を狙って火の矢を五本放った。

「ゴブッ！」

「ガルッ！」

戦士ゴブリンと戦士コボルトがファイアアローを受け止める。

「まだ倒せないのか……」

治癒魔法で回復されたこともあるのだろうが、三層よりも動きが素早く防御力も高いようだ。

「あの支援魔法の影響もあるんだろうな」

パーティーでサポートし合う、この動きがとても厄介だ。

「コボボボボボボ！」

俺の攻撃が止まると、コボルトアーチャーが矢を連続で放ってきた。

「くそっ、こっちに魔法を使う暇を与えないつもりか？」

これだけ連続で矢を射かけられては、魔法を唱えるどころではない。

そうこうしている間に、ゴブリンメイジが再び治癒魔法を使い、前衛の傷が塞がり振り出しに戻った。

「キリがないっ！」

せっかくの武器も接近できなければ意味がない。矢で攻撃されるので魔法を使う隙もない。

このままでは、じり貧になる。俺が必死に打開策を考えていると……。

「『セイフティウォール』」

女性の声がして、目の前に半透明の壁が現れた。

振り返ってみると、そこには白いドレス姿の白銀の髪の美しい女性が立っていた。

目の前に発生した壁に矢が当たって地面に落ちる。

「苦戦しているようだったので、魔法で壁を張りました。大丈夫ですか？」

「ええ、ありがとうございます」

その女性は俺に近付くと心配そうな瞳を向けてくる。

「オリーブは後ろの二匹に魔法を浴びせて牽制しておいて！　私は前衛の二匹を抑える！」

「うん、わかったよ！　ミナ！」

ミナと呼ばれた女性が飛び出し、ダガーを抜くと前衛の二匹へと斬りかかった。

「危ないっ！」

敵の目の前に飛び込むと、戦士ゴブリンと戦士コボルトが攻撃を仕掛ける。

「大丈夫だって、新人君」

次の瞬間、彼女の身体がぶれ、二匹の間を潜り抜けた。

「『火の精霊よ、敵を焼き尽くせ』」

オリーブと呼ばれた女性がそう呟くと、後衛の二匹が、突如炎の柱に包まれる。

「これで後ろからの支援はなくなったよ。気にせずに前衛と戦って！」

「任されたっ！」

オリーブさんに言われて、前衛の二匹を翻弄し続けるミナさん。

「俺にも戦わせてください」

流石にこのまま見ているわけにもいかない。俺はショートソードを抜くと前に出た。

「おっ、新人君。よい気迫だね。それじゃあ、そっちの戦士コボルトは任せたよ」

「はいっ！」

彼女が譲ってくれたので、俺は戦士コボルトと斬り結ぶ。

「はっ！　やっ！『バッシュ』」

何度か剣を交え、隙を作るとバッシュを叩き込む。こちらが成長しているのと同様に、四層に下りたことで同じモンスターなのに強さがまったく違っている。

有利に運んでいるが、一撃で倒せるレベルではなくなっていた。

「へぇ、思ってたよりやるじゃん」

ミナさんが感心した様子で俺を観察している。こちらを意識してはいるが、戦士ゴブリンを相手に圧倒しており、いつでも助けに来られるようにしていた。

「『セイフティウォール』」

ふたたびオリーブさんの声が聞こえ、魔法の壁が張られ、次の瞬間、後衛の攻撃が飛んできて壁に当たった。いつの間にか炎の柱から抜け出したコボルトアーチャーが攻撃を仕掛けてきたようだ。

「ナイスだよ、オリーブ」

その間にミナさんのダガーが、戦士ゴブリンの喉を抉り絶命させた。

「手伝おうか？　新人君？」

そう聞いてくるミナさんに、

「いえ、大丈夫です」

距離が開いたところで俺は魔力を込めると……。

「『アイスアロー』」

氷の矢を五本生み出した。

「へぇ、魔法も使えたんだ？　どうりで……」

俺が放った氷の矢はすべて戦士コボルトに突き刺さると、絶命させた。

「おっけえ、及第点をあげるよ。後は後衛の二匹だけど、手伝ってもらえるかな？」

「わかりましたっ！」

ミナさんにそう言われた俺は突撃すると、手分けして後衛の二匹を片付けるのだった。


「ふぅ、これで片付いたね」

戦闘が終わり、ダガーを収めるとミナさんが振り返った。

「それにしても新人君、結構いい動きしてたよね？」

わりと気安い態度で彼女は俺に接してくる。

「ミナ、いきなり失礼だよ！」

俺がたじろいでいると、オリーブさんがミナさんを窘めた。

「いえ、助けてもらったのはこちらですから」

あのまま戦っていても、倒す方法が思いつかず撤退するしかなかった。

「そういえば自己紹介が遅れたね。私はミナ、Bランク冒険者。斥候だよ」

「オリーブです。同じくBランク冒険者で……一応、僧侶……です」

何やら言葉を濁す。詮索されたくなさそうなのが表情に出ていた。

「で、新人君は？」

二人の視線が俺に向いている。この二人の後だと気後れするのだが、一人だけ自己紹介をし

ないというのは駄目だろう。

「ティムです。Eランク冒険者です」

「「Eランクぅ!?」」

二人の驚き声がはもった。

「えっ？　だって、剣も魔法も結構高レベルだったよね？」

「ここは四層ですよ？　Eランクの冒険者がソロで来るような場所ではないんですけど？」

二人が一気にまくし立ててくる。

「そ、そうなんですかね……。今日が初めてなので……」

そこまで驚くことなのだろうか？

「四層を『ウォール』の魔法もなしに、しかもソロで挑むなんて無謀もいいところだよ!?」

ミナさんは俺を指差すと「ありえない」とばかりに言葉を投げる。

「『ウォール』ですか？」

「そんなことも知らないんだ!?」

額に手を当て呆れた様子を見せるミナさん。なんだか申し訳ない気分になった。

「『ウォール』というのは四属性を壁のように展開する魔法です。私が使ったのは、それとは異なる魔力そのものを壁にする魔法ですが、魔道士が『アロー』の魔法を使い続けていれば自ずと覚えるようになるものです」

オリーブさんが説明をしてくれた。

「確かに、遠距離攻撃を封じないと四層での狩りは厳しそうですよね」

先程の戦闘を思い返し、いかに『ウォール』の魔法が必須であるか理解した。

「それにしたって、一人は危ないから止めておいた方がいいよ？　何か不測の事態にあったら即詰んじゃうからね？」

ミナさんは気さくな様子でズバズバと切り込んでくる。もっとも、俺はパーティーを組まないのではなく組めないのだが……。

俺が黙り込んでいると、ミナさんは腰に手を当て考える。

「仕方ない。新人君、今日のところは私たちとパーティー組もう。良いよね？　オリーブ！」

「私は構わないけど、ミナ。強引だよ！」

「だって、このまま放っておいたら、次に見かける時には死んでるかもしれないよ？」

そうこうしている間に話が進んでいく。

「せめて、新人君には四層での知識くらいは身に付けてもらわないといけないし」

どうやらこの二人、本気で俺の身を案じてくれているらしい。

「えっと、組んでもらえると俺も助かるんですけど、本当にいいんですか？」

「いいのいいの。見たところ、新人君の動き自体はちゃんとしてるから。組んでも足を引っ張るとは思えないし、効率も上がりそうだからね」

オリーブさんも頷いたので、臨時パーティーを組むことになった。

「それじゃあ、冒険者カードを重ねて、パーティー申請するからね」

この冒険者カードは身分証にもなっていて、その場で臨時パーティーを組むこともできる。

パーティーを組んでいる間に得たアイテムは分配するというルールがあるので、他の冒険者と行動をともにする場合はこの手順を踏むことになる。

パーティーを組まずにいて、レアアイテムがドロップした場合、争いになることが多い。この操作をすると、冒険者ギルドにも記録が飛ぶようになっているので、やっておけば争うことが減るのだ。

「ほい、それじゃあ早速色々教えてあげるよ、新人君」

「あまり、こき使うのは止めてよね」

パーティーを組み、いざ狩りに向かおうと二人は歩き始める。

（えっ……これって……？）

だが、俺はそれどころではなく、混乱していた。

（どうしてこんな情報が……？）

なぜならそこには……。

名前：ミナ　年齢：17　職業：斥候レベル45

筋力：222+45　敏捷度：301+90　体力：209
魔力：59　精神力：45　器用さ：252+45　運：201
ステータスポイント（ST）：220
スキルポイント（SP）：88
スキル：『罠感知5』『魔法罠感知5』『罠解除5』『解体3』『後方回避5』『バックスタブ5』『短剣術5』『暗器術5』『弓術5』『連続攻撃5』『影縛り5』『幻影3』

名前：オリーブ　年齢：17　職業：精霊使いレベル47
筋力：62　敏捷度：80　体力：115
魔力：405+188　精神力：305+141　器用さ：320+141　運：288
ステータスポイント（ST）：460
スキルポイント（SP）：322
ユニークスキル：『精霊使役』『精霊言語』『魔力解放』
スキル：『棍術5』『ヒーリング5』『ハイヒーリング5』『パワーアップ5』『スピードアップ5』『スタミナアップ5』『マジックアップ5』『マインドアップ5』『デックスアップ5』『ラックアップ5』『瞑想5』『セイフティウォール5』『マジックアロー5』

二人のステータスが表示されていたからだ。

◇

薄暗い室内でページを捲る音だけが聞こえる。

ここは冒険者ギルドの中にある資料室。本来なら部外者は立ち入れないのだが、俺はサロメさんに頼み込んで特別に許可をもらった。

なぜこのような場所にいるかというと、スキルや職業について調べるためだ。

先日、俺はダンジョンの四層で二人の女性と臨時パーティーを組んだ。

彼女たちはBランクだけあって、二人だけのパーティーにも拘わらず強く、四層で楽に狩りをしていた。

そんなおり、臨時パーティーを組んだことが原因だと思うのだが、彼女たちのステータスが見えてしまった。

高ランクを裏付けるステータスの高さと知らないスキル、そして職業。

これから先、あの領域を目指すつもりなら、スキルについて色々と知っておく必要があった。

俺は『ウォール』のスキルを得るヒントを探すため、書物を読み込む。この書物にはこれまでに使われてきたスキルや魔法、その効果について書かれているからだ。

「なるほど、普通は三層でアローを五本出せるなら覚えられる魔法なのか……」

調べたところ、魔道士が成長していけば自然と扱えるようになるらしい。

だとすると妙だ。俺は既に『アロー系』と呼ばれる魔法のレベルを最大まで上げている。にも拘わらず『ウォール』を取得できないのには、他に足りないものがあるということになる。

「そうすると、俺は『ウォール』を覚えるレベルに達していないってことなのかな？」

これまでの検証結果を振り返ると、思い当たる節がある。

たとえば、『戦士』の場合、レベル25になると同時に新しいスキルを取得可能になった。『シールドバッシュ』というスキルなのだが、俺は盾を装備していないので今のところ取得するに至っていない。

ステータス画面を見てみる。現在選択している職業は『僧侶』でレベルは15になっている。低レベルの方がレベル上げが簡単なので、二層三層がメインだった今までは上げやすい他の職業にしていた。

『ウォール』のスキルを取得できる条件があるとすれば、おそらく『魔道士』レベル25の可能性が高い気がする。

現在、俺の『魔道士』はレベル19。他の職業に寄り道をしていなければ25まで上がっていたに違いない。

「後悔しても仕方ない。これが一番可能性が高そうだからやってみるか」

俺は職業を『魔道士』に変更すると、ダンジョンへとレベル上げに行くことにした。

『『ファイアアロー』』

『「ゴブブブブッ！」』

『『ウインドアロー』』

『「コボボボボッ！」』

三層に魔法の矢が乱れ飛ぶ。

俺は『ウォール』を覚えるまでここで狩りをすることにした。時刻は夜中を回っているお蔭か、冒険者もまばらで、湧いてくるモンスターを取り合うことなく倒すことができる。

サロメさんから、混まない時間帯を教えてもらった甲斐があった。

ここ数日、夜中にダンジョンに潜っては明け方に帰宅することを繰り返しているのだが、

――ザザザザッ――

「おっ！　レベルが上がったな」

最近ではレベルアップした時点で察することができるようになった。

今回で『魔道士』がレベル25に達したはずなので、俺は緊張しながら『取得可能スキル一覧』を見た。

「やっと出た……」

そこには新しいスキルが三つ加わっていた。

『ウォール』『バースト』『魔力集中』

『ウォール』に関しては完全に出待ちだったが、残る二つのスキルもこの前調べたので知っている。

『バースト』は四属性と合わせて使う爆発系の魔法で『魔力集中』は使用することで次に使う魔法の威力を上げることができる。

どのスキルも必要に違いないので最大の5まで振っておく。

「なるほど、上位スキルはSPを多く消費するんだな……」

それぞれのスキル取得に62ずつSPを消費した。最初のスキル取得時に2必要でそこから一つ上げるたびに必要SPが倍になっていった。

これから先、もっと有用なスキルが出現した時のため、SPを温存しておかなければならないのだが……。

最後にステータスを振り分ける。ある程度ステータスが高くなって来るとSTの消費量も増えてくるので、低い項目を底上げするようにしている。

名前：ティム　年齢：16　職業：魔道士レベル25
筋力：142　敏捷度：128　体力：125
魔力：253＋50　精神力：223＋25　器用さ：214＋25　運：101
ステータスポイント（ST）：1
スキルポイント（SP）：183
ユニークスキル：『ステータス操作』
スキル：『剣術5』『バッシュ5』『ヒーリング5』『取得経験値増加5』『取得スキルポイント増加5』『取得ステータスポイント増加5』『パリィ5』『後方回避5』『ファイアアロー5』『アイスアロー5』『ウインドアロー5』『ロックシュート5』『瞑想5』『ウォール5』『バースト5』『魔力集中5』

最後にステータス画面を確認すると、

「とにかく、これで四層に挑む準備ができたぞ」

万全の準備をした俺は四層のリベンジに燃えるのだった。

「よし、やるかっ！」

実に五日ぶりに訪れるダンジョンの四層で、俺は気合を入れた。

「前回はいい様にやられたが今度はそうはいかないからな……」

モンスターの連携に手も足も出ず、ミナさんたちに助けてもらったのは苦い思い出だ。

気合を入れて歩き回っていたところ、この前と同じ編成のモンスターと遭遇する。

相手も俺に気付いたようで、コボルトアーチャーが早速矢を番え、ゴブリンメイジが支援魔法をかけ始めた。

「『アイスウォール』」

前回はこの段階で俺に使えるスキルがなく、敵が有利になるまで何もできなかったが今日は違う。

相手が態勢を整えるのと同じく、俺は相手の遠距離攻撃対策を行った。ここまではお互いに下準備となる。次の行動は……。

戦士ゴブリンと戦士コボルトが動き始め、コボルトアーチャーの矢が氷の壁に弾かれる。ゴブリンメイジは支援を終え、次の事態に備えているようだ。

「『ファイアアロー』」

五本の火の矢が突き進む。それを見た戦士ゴブリンと戦士コボルトは身を挺して後衛を庇った。

「『ゴコボボブブリン！』」

今回も身体を張って受け止めてきた。だが、あの時に比べ、魔道士のレベルが上がり『魔力』も増えているので、攻撃の威力も跳ね上がっている。その影響があったのか、魔法を食らった後の前衛の動きが明らかに鈍った。

「ゴブヒール！」

控えていたゴブリンメイジが戦士コボルトに治癒魔法を放った。その間にもコボルトアーチャーが矢を射ってくるが、俺が張った氷の壁に阻まれて攻撃が通らない。

「いける！」

敵の遠距離攻撃を気にせずにすむお蔭で、次の魔法を撃てる。

「『ファイアアロー』」

回復を待つわけにはいかない。俺は二度目の魔法を放つとふたたび前衛を攻撃した。

「『ゴコボボブブリン！』」

「まだ……倒れないか？」

二度魔法を放ったにも拘わらず前衛は健在だ。そうしている間にも、ゴブリンメイジからふたたび治癒魔法を使われた。こうなると我慢比べだ。

「もう一発！『ファイアアロー』」

三度目の魔法が前衛に当たると……。

「ゴフッ！」

治癒魔法を受けていなかった戦士ゴブリンが倒れた。

「やった！」

喜んでいるのも束の間、魔法に四度行動を費やしたせいで、戦士コボルトが接近して武器を振りかぶり襲ってくる。今からでは魔法を放つ余裕はない。

「甘いっ！」

ここにいるのがただの魔道士なら、今の一撃で戦士コボルトにやられてしまったのだろう。

俺は敵の攻撃を『パリィ』で流すと『バッシュ』を叩き込んだ。

「キャウン！」

蓄積していたダメージが限界を超えたのか、戦士コボルトも倒れる。

「さて、残る後衛は……」

矢が飛んでくるかと思って、氷の壁から様子を窺っていると……。

「ゴブブッ！」

「ガルルッ！」

「えっ？　ちょっと!?」

前衛が倒れると同時に、コボルトアーチャーとコボルトメイジはお互いに頷くと、一目散に逃げていくのだった。

「とりあえず、リベンジ達成でいいかな？」

顔を綻ばせながら俺は魔石を回収する。この五日の間、ずっと自分の行動が正しいのか不安に感じながら狩りをしていた。

もし『ウォール』を覚えられなければどうしよう？　もし新スキルを取得しても通用しなければどうしよう？　そんな考えがずっと頭をよぎっていた。

「とにかく、これでここを狩場にすることができる」

倒したとはいえ、あの編成を全滅させたわけではないのでまだ完全ではない。

だが、一度負けた相手を乗り越えたことで成長している実感が沸いてきた。

「もう少しやり方考えてみるか」

いつまでも喜びの余韻に浸っていられない。俺は気持ちを切り替えると次の獲物を探し始めた。

あれから何度か同じ編成を相手にし『アイスウォール』から『ファイアアロー』までの流れに慣れてきた。

相変わらず後衛は撤退していき、近くには戦士コボルトと戦士ゴブリンの身体が横たわっている。

ゴブリンメイジの治癒よりも俺の攻撃魔法の方が威力が高いので、ごり押しすれば前衛は倒せる。

「そろそろ新スキルも試しておくか」

今のところ傷一つ負っていない。矢による遠距離攻撃さえ防いでしまえば、前衛の強さに関しては三層のモンスターとそこまで大きな差がないからだ。

多少動きが速くタフではあるが、俺の装備も良くなっている。問題なくモンスターを斬り伏せることができる。

本日十度目のモンスターが現れた。ここで魔法の組み立て方を変える。

俺は慣れた動作で『アイスウォール』を張る。

「ゴブッゴブッ」

「コボッコボッ」

戦士ゴブリンと戦士コボルトがコボルトメイジの支援を受けて動き出すが、魔法を撃たず違うスキルを発動する。

「『魔力集中』」

身体中の魔力が活性化しているのを感じる。

このスキルは溜めを行うことで、次に放つ魔法の威力を倍増させるというものだ。

ダメージが入ってないからか、これまでよりも速く走り迫ってくる。俺は近付いてくる二匹に対し魔法を放った。

「『ファイアバースト』」

「「ゴコブブリンッ!?」」

二匹の間で魔法が爆発し、戦士コボルトと戦士ゴブリンはそれぞれ別な方向へと吹き飛ばされる。

「おお、分断成功」

爆発効果により、起き上がれずにもたもたしているので追撃をしようかと思ったが、一向に起き上がってこない。

それどころかゴブリンメイジが治癒魔法をかけないのだ。

「えっ？　もしかして今ので倒したのか？」

どうやら威力を上げたことでゴブリンメイジが治癒する間もなく倒されてしまったようだ。

「ゴブ……？」

「コボ……？」

顔を合わせて戸惑う後衛の二匹。今ならいけるのではないか？

「『ファイアバースト』」

「「ゴコブブリンッ!?」」

二匹まとめて魔法に巻き込んだ。

今度の魔法は『魔力集中』の効果外なのだが、前衛に比べて装備が貧弱なのでこの一撃で倒れて動かなくなった。

「よっしっ！　全滅させられたぞ！」

俺はガッツポーズをすると、完全に攻略した余韻に浸るのだった。


「ふぅ、そろそろ慣れてきたから職業変えてみるか……」

四層に籠もること数日。俺は狩りの仕方を確立することに成功した。

まず『アイスウォール』を出して次は『ファイアバースト』を前衛に当てる。すると衝撃で吹き飛ばされて前が完全に開けるのでそのまま後衛に『ファイアバースト』を打ち込んで倒してしまう。

強力な魔法のお蔭で、面白い様にモンスターを狩れるようになった。

そのせいもあってか、魔道士レベルも益々上がったので、このまま続けるよりは他の職業のレベルを上げた方がステータスの底上げになると判断したのだ。

そんなわけで、良い流れを断ち切らないようにしつつ転職先を考えた結果、僧侶に職業を戻すことにした。

四層で狩れるようになったとはいえ、上手く行っている今の戦略をあまり変えたくない。

僧侶ならばある程度レベルも上がっているし、何より『魔力』の補正値もあるので、魔法の威力がそこまで落ちないだろう。

四層は狩りをする冒険者パーティーが少なく、湧き出すモンスターの数が多いので効率が良い。攻撃魔法の威力を維持して他の職業もここで育てていきたいと考えた。

「『アイスウォール』」

自分の手前に氷の壁を張り、

「『ウインドバースト』」

風の力で戦士ゴブリンと戦士コボルトを吹き飛ばす。

「やっぱりちょっと威力が落ちてるか……」

ゴブリンメイジの治癒魔法が飛び、二匹とも起き上がる。

「だけどまぁ、接近されなければ問題ないか」

俺はショートソードを構え魔力を高めると次の魔法を用意する。

「『ロックバースト』」

岩が飛び、前衛に当たると爆発した。

「ゴブブッー」

「コボボッー」

その一撃で戦士コボルトと戦士ゴブリンは倒された。

「下手に編成が変わらないぶん楽かもしれない」

確かに威力は落ちているが、どのくらいで倒せるか感覚として覚えているので、相手との間合いが取りやすい。

「とりあえず、持ってきたマナポーションを使い切るまで頑張るか」

俺はマナポーションを口に含み、魔力を回復させると、次の獲物を求めてダンジョンの四層を歩き回るのだった。


「お疲れ様です。ティムさん、だいぶ四層で狩れるようになってきましたね」

翌日。頼んでいた消耗品を受け取りに冒険者ギルドを訪れると、サロメさんが笑顔で話し掛けてきた。

「お蔭様で、対策さえ上手くいけば、かえってやり易い相手なので」

連携を取ってくるモンスターということは、逆に言えばその連携の崩し方を知っていればそれまでということ。

同じ動きしかしてこなければ、こちらも同じ動きで対応できてしまうのだ。

「簡単に言いますけど、ソロでそこまでできるのはティムさんくらいです」

サロメさんは溜息を吐くと、呆れた顔で俺を見た。

「ティムさんはもっと自分の実力を正しく認識した方がいいですよ、本当に凄いんですから

「……」

昨日も僧侶のレベルが上がったからもっと強くなっているはずだが、ミナさんやオリーブさんと比べるとまだまだなので、ここで喜ぶわけにはいかない。

「昨晩の魔石の買い取り金額は金貨一枚と銀貨四十五枚です。そこからポーションにマナポーションなどの消耗品代を引かせていただきますね」

それらが引かれ、提示された金額は銀貨六十枚になった。

休みなく狩りをするためにはマナポーションが必要なのだが、これを飲むと経費がかさむので仕方ない。

「どうしたものか……」

いまから武器での戦いに戻そうとしてもステータスが魔力に寄っている現状では効率が激減してしまうので避けたい。

「何かお力になれることはありますか？」

俺の呟きが聞こえたらしく、サロメさんが首を傾げた。

「いえ、赤字になってないので大丈夫です」

短期的に見ると収入減だが、魔法一発で倒せるようになれば状況をひっくり返すこともできるだろう。

現在は、他の職業のレベルを上げるために狩りをしているので、仕方ないと割り切った方が良い。

「それじゃあ、俺はまたダンジョンに向かいますので」

マナポーションをリュックに詰めると、俺はふたたびダンジョンへと籠ることにした。

――ザザザッ――

「おっ、レベルが上がったか？」

職業を変更してから二日が経ち、俺は僧侶のレベルを25まで上げることができた。

「やっぱり四層は良いな。これまでよりも早くレベルが上がる」

狩場として安定しているのは間違いない。三層で魔道士を25まで上げるのに五日掛かったのに対し、四層の僧侶は二日で25まで上げられた。

「とりあえず、新スキルを確認してみるか」

俺が各職業のレベルを25まで上げているのは、そこで新しいスキルを取得できると知っているからだ。

『ハイヒーリング』『スピードアップ』『スタミナアップ』

出現したのは三種類のスキルだった。

「しかもこれ、オリーブさんが取得していたスキルだ」

僧侶職の人間が覚えるスキルなのだが、彼女の真の職業は精霊使い。彼女は自己紹介の時に自分の職業を『僧侶』と言っていたので秘密なのだろう。

実際、僧侶のスキルを持っているので、ステータスを覗かない限り、ばれることはなさそうだ。

とりあえず、これらの上位スキルはレベルを最大にするのにSP62が必要になるのは、魔道士の時に学んでいる。現在の保有SPが267しかないことを考えると、すべて取得するわけにもいかない。

悩んだ結果、俺は『スピードアップ』『スタミナアップ』のスキルを上限まで上げることにした。


「さて、今日は二層で狩りをするか……」

翌日、俺は一度狩場を二層まで戻していた。それというのも……。

「新しく手に入れた『スピードアップ』に慣れないといけないからな」

以前、冒険者ギルドで読んだ資料の中に、バフ効果がある『アップ系』のスキルについて書かれていた。

これは支援魔法を掛けることで、それぞれのステータスを上乗せしてくれるものなのだが、スキルレベルが高くなると支援の効果が高まるので体感が結構変わるらしいのだ。

今回『スピードアップ』と『スタミナアップ』のスキルを得た俺は、この二つを使ってみることにした。

四層だと何かあった時が怖いし、二層のモンスターなら余裕がある。

俺はショートソードを抜くと自分に支援魔法を掛ける。

「『スピードアップ』『スタミナアップ』」

急に身体が軽くなる。この感覚はステータスを操作した時に似ている。

「『敏捷度』と『体力』が上がっているな」

画面を見るとそれぞれ50ずつ増えている。結構な上昇具合だ。

「『支援魔法は、使う人間次第で効果に差があり持続時間も違うようです』」

いつか読んだ書物のスキルの説明文にそう書かれていた。

「早速、コボルトを倒してみるか」

上昇には慣れているが、減少は体験したことがない。

俺はそれを確かめるため、二層のモンスターを狩って回ることにした。

「っと！　急にガクンときたな……」

あれから、どれだけの時間が経ったのだろうか？　夢中になって狩りをしていたのだが、コボルトと戦っている最中に急に速度が遅くなった。

「確かに、これは慣れが必要だな」

相手が格下のモンスターだから良かったが、支援魔法込みで同格の相手と戦っていた場合、敵は俺の動きが落ちた瞬間を見逃さないだろう。

「使うとしたら、どのくらいで支援魔法が切れるか把握しておく必要があるな」

支援を掛ける時に時間を計りたいので、サロメさんに頼んで懐中時計でも買うことにしよう。

「それで慣れてきてから三層に下りるとするか……」

今は確実に一つずつ積み重ねていくべきだろう。俺は気を引き締めるとサロメさんに懐中時計を注文するため、一度ダンジョンを出ることにした。

「はい？　懐中時計ですか？」

「ええ、手に入りませんかね？」

早速冒険者ギルドに戻った俺は、サロメさんに頼んでみる。ギルドマスターとサロメさんは俺が『覚醒者』ということを知っており、ばれた時にサロメさんが専属でサポートにつくことになったからだ。

「勿論手に入りますが、そんなもの何に使うんですか？」

どうやら問題なく手に入るようだが、用途を聞かれてしまった。

「ダンジョン内って時間の感覚が狂うじゃないですか、そのために持っておこうかと思って」

俺が支援魔法を使えることはまだ秘密にしておく。短期間に次々とスキルを得ているのは目立つし、また妙な目で見られかねないからだ。

「わかりました。そういうことでしたら明日までお待ちください。用意しておきますので」

急なお願いだったのでもっとかかるかと思ったが、流石はサロメさんだ。俺は御礼を言い、まだ時間もあるのでダンジョンに戻ろうと考えていると……。

「ティムさん、お待ちください」

「はい？」

サロメさんが呼び止めてきた。

「まさか、またダンジョンに戻られるつもりじゃないですよね？」

「……そのつもりですが……？」

サロメさんは険しい視線を俺に向けてくる。彼女は真剣な表情で俺に何かを言おうとしていた。

「ティムさん、御存知ですか？」

「……何を、ですか？」

いつにない真剣な声に、俺は喉を鳴らす。

「かれこれ二週間。ずっとダンジョンに潜りっぱなしだということに」

そう言えばガーネットが実家に帰省してから休んだ記憶がない。

「いいですか、ティムさん。熟練の冒険者でも週に二日は休みを取るものなんですよ？」

指をピッと立てたサロメさんは、そう言って俺を嗜めた。

「いや、でも……。そんなに強いモンスターと戦わなければ……」

レベルが上がり、新しいことがどんどんできるようになっていくのが楽しくて、ついつい休みを取るのを後回しにしてしまうのだ。

安全な階層ならばよいのではないかと思い、反論してみるのだが……。

「駄目です。そう言って無茶をして、戻ってこなかった人もいるんですよ？」

彼女は顔をやや下に向けると悲しそうな声を出した。

「わ、わかりました。今日のところは休みますから」

彼女が俺のためを思って言ってくれている以上、無下にできない。焦りながらそう答えると、

「ティムさんならわかってくれると思いました！」

次の瞬間、彼女は笑顔に戻った。俺はサロメさんに見送られると、冒険者ギルドを後にした。

「それにしても暇になったな……」

ギルドを出て街を歩いている。目的もなく歩き始めてしまったが、このままでは何も思い付

くことなく宿に戻ってしまう。

「そもそも休暇っていってもな」

スキルを得るまでは本気で余裕がなかったので、俺にとっての休暇は安宿のベッドで一日寝て過ごすことだった。

「今はそんなに疲れてないんだよなぁ」

今日はほとんど狩りをしていなかったのもあるが、ステータスが上がってからあまり疲れなくなった気がする。

「適当に街を回るか……」

せっかくの休みなのにやることを思いつかず、何となくで行動をしようとしていると、

「いいじゃん。俺と一緒に遊ぼうぜ」

「こ、困ります……」

道端で男が女性に絡んでいた。

「俺、いい店知ってるからさ。そこに行こうって」

何気なく視線を向けていると、女性と目が合った。

「ティムさん！」

彼女は俺に駆け寄ってくると、背中に回り込み隠れてしまう。

「お前、何だ？」

男は俺を睨み付けると凄んでみせる。彼女の態度からして知り合いでないのは明らかだ。

「俺はこの人の……後輩だ」

自分たちの関係性を説明しようとして一瞬悩んだが、素直に答えることにした。

「悪いけど、待ち合わせしてたんでな。他を当たってくれ」

背中から震えが伝わってくる。

「ちっ、それならそうって言えっての」

男は不機嫌な様子を見せながら立ち去って行った。

俺は振り向くと、

「もう大丈夫ですよ、オリーブさん」

彼女に話し掛けた。

「ご、ごめんなさい、ティムさん。助けてもらって」

彼女は上目遣いに見上げると瞳を潤ませ謝った。

「いえ、このくらいは別に。以前、俺の方も助けてもらいましたし」

俺がモンスターから助けてもらったのに対し、彼女をナンパ男から助けた。オリーブさんにとっては戦士コボルトよりもナンパ男の方が怖いというのを知り、妙におかしくなってしまった。

「もしかして休暇ですか？」

「はい。装備を修理に出しているので、今日と明日はお休みなんです」

質問をすると答えてくれる。どうやら落ち着きを取り戻したようだ。

「ティムさんは？」

オリーブさんも聞き返してきた。

俺はギルドでサロメさんに休むように言われたことをそのまま伝えた。

「そうなんだ、ティムさんもお休みなんですね？」

それっきり黙り込んでしまう。オリーブさんは何やら胸に手を当て、しばらく悩んで見せると、

「だったら、私と遊びに行きませんか？」

「えっと……俺ですか？」

これまで、女性と出掛けたことすらない。そんな俺が、オリーブさんと遊びに行くなんて無理だと考え断ろうとするのだが……。

彼女は不安そうな表情を浮かべ、俺の返事を待っている。

オリーブさんは可愛らしい女性でスタイルも良い。もし俺が断った場合、十歩も進めば他の男からナンパされるに違いない。

彼女にはモンスターから助けてもらった恩がある。俺が付き合うことで男避けになるのなら引き受けるべきだろう。

「わかりました、俺で良かったら是非、御一緒させてください」

「はい！　ありがとうございます！」

返事をすると、彼女は嬉しそうに微笑むのだった。


それから、彼女の服選びに付き合った後、俺たちは古びたカフェに入店した。

時刻は昼をすぎていたので、店内にいる客は俺とオリーブさんだけだった。

彼女はケーキセットを注文し、俺は「店長お勧めのパスタセット」を注文する。

なんだかんだで食事を摂っておらず、空腹だったからだ。

しばらくして、料理が運ばれてくる。大皿に山のように盛りつけられたパスタに驚いた。

「ここのマスターは、若い人に一杯食べてもらうためにサービスしてくれるんですよ」

オリーブさんはそう説明すると笑みを浮かべる。

彼女がケーキを食べ、俺はパスタを平らげると満腹になった。

「ふぅ、何とか食べきれました」

量もさることながら味も良かったので、完食することができた。

「そういえば、この店には良く来るんですか？」

マスターとも話をしていたし、この店に慣れている。もしかして彼女のお気に入りの店なのだろうか？

「ええ、休日にはよく訪れて、一日中本を読んで過ごしているんですよ」

このカフェには本棚があり、たくさんの本が収められている。

利用客ならば好きに読んで良いのだと、オリーブさんは教えてくれた。

宿暮らしが長いので、本を集めることもできない俺は、この機会に何か読んでみようと思った。

オリーブさんも本を選び、膝掛けをしてお互いに本に没頭し始めた。

珈琲の香ばしい匂いに食器を洗う音、ページを捲る時の紙がこすれる音が聞こえる。

ここ二週間、ダンジョンに潜り、冒険に明け暮れてきた俺にとって、久しぶりに落ち着ける時間だ。

オリーブさんの様子を見てみると、彼女は本を読むのに没頭しているのか、こちらの視線に気付く気配がなかった。

俺も物語に集中するために本を読んでいるのだが、満腹になったことも手伝ってか徐々に瞼が重くなっていき、気が付けば眠りに落ちてしまった。

「ん、寝てたのか……」

身体を起こし、窓から外を見てみると日が暮れている。

ふと、下を見ると胸元から膝掛けがずり落ちた。どうやら風邪をひかないように、オリーブさんが掛けてくれたらしい。

俺は彼女に御礼を言おうと周りを見回す。

「スースー」

すると、椅子にもたれ掛かった状態で、彼女も眠っていた。

俺は彼女の身体に膝掛けを掛けると、

「涼しくなってきただろ、何か飲むかい？」

マスターに話し掛けられた。

「いえ、今は大丈夫です」

「くしゅっ！」

可愛らしいクシャミが聞こえ、オリーブさんがもぞもぞと動く。その様子を見て自然と笑みが零れると、

「ただ、もう少ししたら、ホットココアを二つ注文すると思いますよ」

「あいよっ！」

マスターの返事を聞きながら、俺はオリーブさんが目を覚ますのを待つのだった。

◇

「はい、こちらが懐中時計です」

翌々日、受付でサロメさんから懐中時計を受け取る。

「ありがとうございます。これで時間を見ながら狩りをすることができます」

しっかりした作りの懐中時計で、値段もそれなりにした。俺は懐中時計を懐に仕舞う。

「時間を気にするのは良いことです。特にティムさんは放っておくと、どこまでも無理をしそうですからね」

サロメさんのノートには、俺がダンジョンに潜っている時間が記録されているのだろう。この様子からして、ちゃんと休みを取らないと今後も言われ続けそうだ。

「いや、ちゃんと休暇も取るようにしますから」

一昨日、オリーブさんからも、それとなく注意されたのだ。

やはり冒険者にとって休暇は大事らしく、無理をすると知らぬ間に身体にガタがくるそうだ。

「二日間、しっかり休んだお蔭で身体の調子がいいです」

気持ちの問題かもしれないが、前日より体が軽く腕を振れている気がする。

俺が全身で調子のよいことをアピールしていると、サロメさんが口元に指を当て首を傾げた。

「そう言えば、昨日はちゃんと休んだって言ってましたけど……」

興味深そうな目が俺を見据える。

「一体どのようにして休んだんでしょうか？」

「そ、それは……」

どうやら俺のことを疑っているらしい。

「本当に休んだのなら言えますよね？　ね？」

顔を近付けてきたせいで、至近距離で目があう。

激しい追及の末、俺はオリーブさんと過ごしたことを、白状させられるのだった。

四章

「さて、今日からまた頑張るか」

二日間の休暇を挟み、三層で支援魔法に慣れた俺は、改めて四層へと下りてきた。

オリーブさんとゆっくり過ごせたお蔭か、動きに随分とキレが戻っている。ここまで遭遇したモンスターもあっという間に倒すことができた。

そんなことを考えながら歩いていると、早速モンスターと遭遇する。いつも通りの編成だ。

ゴブリンメイジが支援魔法を掛け、戦士ゴブリンと戦士コボルトが進んでくる。その間、俺は『アイスウォール』を張ると、ショートソードを抜いて待機した。

今日からはぼちぼち違う戦闘方法を試すつもりだ。

『スピードアップ』『スタミナアップ』を掛けて身体能力を強化する。そして、前衛がある程度近寄ってくるまで引き付ける。

「『ファイアアロー』」

五本の火の矢が突き進み、いつものように戦士ゴブリンと戦士コボルトに突き刺さった。

俺は魔法を放つと同時に走り出し、一気に敵との距離を詰める。

ゴブリンメイジが治癒魔法を唱え、回復させようとしているのを横目に確認すると、

「『アースウォール』」

ゴブリンメイジの前に土壁を作り出し、後衛の視界を遮った。

「さて、速攻で決めさせてもらおうかっ！」

俺は戦士ゴブリンと戦士コボルトと対峙すると剣を振る。

「ゴブブッ！」

「ガルルッ！」

二匹は連携して攻撃を仕掛けてくるのだが、一撃を『パリィ』で流し、もう一撃は力で押し切ってやる。

最近は魔法でばかり戦っていたがSTを消費して『筋力』を上げたので、余裕をもって攻撃をいなすことができた。俺はあっという間に前衛の二匹を斬り捨てることに成功する。

「やっぱりいけるな！」

魔法を防御と補助程度に抑えればマナポーションの消耗を減らすことができる。

「ゴブッ?」

「ガルッ?」

俺が二匹を倒すと同時に、壁を破壊したコボルトアーチャーとゴブリンメイジが姿を見せる。

慌てて矢を番え、魔法を唱えようとするのだが、この距離なら剣の方が速い。

勢いに乗って走り出し、そのままゴブリンメイジに剣を突き刺し、身体を持ち上げて盾代わりに使う。

そして剣から身体を外しつつ、コボルトアーチャーに蹴って押し付けると――

「ガルウッ！」

頭上から斜めに振り下ろし、首を落とした。

「ふぅ、支援魔法のお蔭で身体能力が上がったから、随分楽になったな」

以前の狩りはすべて魔法に頼ってしまっていたのでマナポーションの消耗が激しかったが、支援魔法で使う魔力は攻撃魔法と同じかそれより少し大きいくらいだ。

一度掛ければ三十分保つことは懐中時計で確認してあるので、時間内なら掛け直さずともモンスターと戦える。

『アースウォール』にしたのも正解だった。火や風だとこちらの様子がある程度見えるし、突っ切ろうと思えばできる。氷壁なら突っ切れないが状況が見えるので、今のような動きをしていると知られたら逆に距離をとられかねない。

「しばらくはこのスタイルでやってみるか……」

俺は今後の戦闘を想定しながら実戦をこなしていくのだった。

――ジジジジジッ――

「おっ？」

レベルが上がった感覚が走ったので、ステータス画面を見る。

『僧侶』のレベルを25まで上げた俺は次の職業に『商人』を選択していた。

「多分これで商人の新しいスキルが取得できるようになったと思うんだけど……」

冒険者ギルドで調べた限り、商人のスキルに関して一切情報がなかった。なぜかというと、商人は街での商売をする者を指す職業であり、冒険者で商人を名乗る者はいないからだ。元々戦闘職ではないので、街で働いている商人が戦闘を行うことはほとんどない。

モンスターと戦えば経験値を得られてレベルアップするというのは、俺だけが見られるステータス画面で考察した情報なので、他に知っている者はいない。

つまり『商人』をレベル25まで上げるというのは、よほどの偶然が重ならなければ起こりえないのだ。

なので、どのようなスキルが出るか一切前情報がなく、俺は楽しみにしながら『取得可能スキル一覧』を見た。

『アイテムドロップ率増加』『アイテムボックス』

「えっ？」

二つのスキルが追加されているのを確認した。

「これはどういうスキルなのか？」

『アイテムドロップ率増加』というのは、おそらくは魔石を落とす確率が上がるのだろう。

これまで『増加系』スキルのレベルを上げてやった時は、目に見える効果があった。

『取得経験値増加』ではレベルが上がりやすくなり『取得スキルポイント増加』では得ることのできるSPが増えた。

俺は『アイテムドロップ率増加』を取得する。するとSPが50も減った。

「なんだこのスキル、滅茶苦茶SPを消費するんだな……」

温存していて良かった。２９１あったSPが今は２４１まで減っている。

「逆に考えよう。有用なスキル程消費が激しいってことだろうし」

実際、それぞれの職業レベル25で得られるスキルはどれも便利だ。取得することで戦闘スタイルの幅を広げることができた。

「もう一つのスキルは名前から効果の予測ができないな……」

有用なスキルかもしれないが、未知のスキルなので決断するのに勇気がいる。

「ひとまず、取得しないと何もわからないから取ってみるか！」

俺は緊張しながらスキルを取得した。ＳＰが１００消費される。

「げっ！」

予想以上にSPが減ったので思わず声が出てしまった。

「まあ、取得してしまったものは仕方ない。問題は効果の方だ……『アイテムボックス』」

俺は早速スキルを使ってみた。

「おおっ！」

次の瞬間、目の前に何やら宝箱が現れた。各種宝石がちりばめられた豪華な箱で、両腕を横に広げたくらいの大きさがある。

「これがアイテムボックスか……、もしかして中に何か良いものでも入ってるのかな？」

もしかすると、伝説のレアアイテムを入手できるスキルなのではないかと考え、ワクワクしながら箱を開ける。

「何も入ってないんだが……？」

もしかして外れスキル？　嫌な予感がよぎり、背筋を汗が伝う。

どうにかして有用性を見つけなければと思い観察していると、箱の中が仕切られているのに気付いた。

「これは……魔石くらいなら入りそうな仕切りだな」

何気なく魔石を手にして、アイテムボックスへと近付ける。

「えっ？　魔石が消えた？」

しっかりと手に持っていたはずなのに、急に感触がなくなった。

アイテムボックスの仕切りの一番左上に変化があった。魔石が入っており、何やらステータス画面と同じ透明なものが浮かんでいる。


『戦士コボルトの魔石×1』


どうやら今入れた魔石が収納されているようだ。

「これは取り出せるのだろうか?」

手を伸ばし、魔石を取り出すと念じてみる。

「出せたな」

次の瞬間、手の中に魔石の重さを感じた。

「もしかすると、これってアイテムを保管してくれる箱なのか?」

もう一度試して見ることにする。今度は手元にあった魔石を全部入れてみた。

「やっぱり入ってるな」

左から順番に『戦士コボルトの魔石×5』『戦士ゴブリンの魔石×3』と表示されている。

「このアイテムボックスとやらはどうやったら消せるんだ?」

俺は少し悩んだ末、蓋を閉めてみた。

「おっ！　消えた……」

目の前からアイテムボックスが一瞬で消え失せた。

「『アイテムボックス』」

手をかざすとふたたびアイテムボックスが現れる。中を開けてみると、先程入れた魔石が残っている。

「どうやら、間違いないようだな」

確信を得ると同時に震えてくる。

「これって、とんでもないスキルなんじゃないか？」

ダンジョンの奥へと進む際、一番困るのはアイテムの取り扱い方だ。

目的の層で狩りをするのに消耗品がどれだけ必要になるか？

ドロップアイテムをどれだけ持てるか？

この判断は稼ぎへと直結しているので、ダンジョンに籠る際、冒険者は荷物について悩まされる。

だが、『アイテムボックス』があれば、こうしてアイテムを収納することができるので、そういった悩みとは無縁になる。

「このスキルが知れ渡ったら、冒険の常識が覆るぞ」

ひとまず、俺は荷物をどんどん入れてみる。魔石とポーション、水筒などなど。

ダンジョンに潜るにはそれなりの準備も必要なのだ。

「完全に手ぶらになったな」

まるで街中を散歩している時のように身軽になり、物凄い解放感を覚える。

アイテムボックスの仕切りの半分程が埋まっている。どうやら、この中に保管するアイテムの大きさは関係ないらしい。

俺は仕切りの数を数えてみた。

「仕切りの数は全部で百。どうやら百種類のアイテムまで保管できるらしいな?」

ソロで活動している身としては、なるべく安全を確保できるように、たくさんのアイテムを持ち込みたい。このスキルがあればそれが可能になるので、これまでよりも安全を確保してダンジョンに籠ることができる。

「まだまだこのスキルはよくわかってない部分もあるからな。街に戻ったら色々実験してみるか」

アイテムを収納して身軽になった俺は、このスキルの今後の使い道について考えながらダンジョンから帰還することにした。

「よし、今日は色々確認しないといけないことがあるから頑張らないとな」

先日『アイテムボックス』を手に入れた俺は、街に戻ると、このスキルを試すために様々なアイテムを収納してみた。

昨日色々調べてわかったのだが、アイテムボックスの一枠に入るのは一種類のアイテムだけ。明らかに箱に入らない大きさでも、アイテムボックスに近付けると収納される。実験で試したのだが、テーブルやベッドまで収納できた時は苦笑いが浮かんだ。

宿や家などは収納できなかったので、それより小さな物を入れて限界を見極める必要がある。

ちなみに水なども用意してみた。ポーションが容器ごと入ったことから、液体も一つのアイテムとみなすことができるようで、水が入った樽をそのまま取り込むことにしたのだ。

冒険者は戦闘で動き回ることが多いので、汗を掻きやすく喉も渇く。だが、いつでも十分な水を確保できるわけではないので、普通は残量を確認しながら少しずつ水分補給をする。

魔法があれば『アイスウォール』を溶かして補充もできるが、それはそれで手間になるし魔力を消耗してしまう。

そんなわけで、こうして十分な量の水を確保できたので、俺はアイテムボックス内の充実した品揃えを見て満足げに頷く。

「そろそろ狩りをするか『アイテムドロップ率増加』も試したいからな」

最後にアイテムボックスの中のある場所を見て閉じる。こちらは後のお楽しみだ。

「今日からは荷物を気にせず狩れるからどんどん行くぞ」

一応、最低限のポーションなどは手元に出しているが、かさばる荷物は『アイテムボックス』へと仕舞ってある。

お蔭で、普段よりも身軽にダンジョンを動き回る。

「おっ、モンスター発見！」

荷物を下ろす手間がないので『ファイアアロー』を唱えて魔法とともに突撃して一気に斬り捨てる。現在は職業を斥候にしているので敏捷度に補正が掛かっている状態だ。

これまで、俺は『戦士』『魔道士』『僧侶』『商人』とレベル上げをしてきたので、どのステータスも万遍なく成長している。

お蔭で、今では四層のモンスターでは相手にならなくなっていた。

軽快な様子でモンスターを蹂躙して四層を探索していると……。

「おっ？」

モンスターが倒れた後に普段とは違い、魔石以外の物が落ちていた。

通常、モンスターを倒した時には魔石を落とす。だが、たまにレアアイテムを落とすことがあり、その確率はモンスターの出現頻度によって異なる。

基本的にソロでは落ちないとされていて、推測になるがおそらく『運』の要素がからんでいるのだと考えている。

これまでは『運』が足りずに出現しなかったレアアイテムが目の前に落ちている。『アイテムドロップ率増加』のお蔭に違いない。

「何が出たのか?」

初めてのレアアイテムということもあり、俺はドキドキしながら回収した。


『戦士の証』


地面に落ちていたのは首飾りだった。ひもを通した武骨な細工が施されている。材質が鉄でできているので、溶かして再利用できるらしく、銀貨二枚でギルドが買い取っているアイテムだ。

「まぁ、出現頻度の多いモンスターからは高額レアアイテムは出ないらしいからな……」

初のレアアイテムだったので頭から抜け落ちていた。

今日は魔石の落ちも若干良いと思っていたが、おそらく両方のアイテムドロップ率が上がっているのだろう。

「とりあえず、もっと狩ってみよう」

もしそれで何度も出るようなら、思い切ってこのスキルを上げてしまうのも手だろう。

俺はショートソードを片手に、四層を駆け回るのだった。

「ふぅ、ひとまず休憩」

俺は午前中一杯狩りをすると、四層にある安全地帯へと足を運んだ。

この安全地帯はモンスターが発生しない場所で、どのダンジョンのどの層にも必ずこのような場所が複数用意されている。なぜこのような場所がダンジョンにあるか疑問が浮かぶが、説明を聞くと納得できる。

ダンジョンが冒険者をより深い層まで誘い込むためだ。

基本的に、俺たち冒険者は補給をしなければ継続して戦うことができない。安全地帯がなければ、休息をとることができないので、深い層まで進めなくなる。冒険者は安全地帯があるからこそダンジョンを進むことができ、態勢を整えてから下層に下りられるのだ。

「とりあえず、スキルの効果は本物だったし、スキルレベルを上げておくか」

午前中だけでレアアイテムが三つも出現したので、ここは惜しまずつぎ込むことにする。ついでに『斥候』のレベルが上がったのでステータスを振ると、

「さて、お待ちかねの休憩だな」

俺は『アイテムボックス』を出すと、中から樽とコップを取り出した。

「ぷはっ！　生き返るっ！」

よく冷えた水が喉を通り、疲れを癒してくれる。いつもよりも動き回ったせいで熱くなっていた身体が内側から冷やされる。

俺は樽の蛇口を捻りコップに水を注ぐと、アイテムボックスから続けてあるモノを取り出した。

「水が冷えているあたりで見当がついていたけど、やっぱり入れた時と同じ状態だな」

アイテムボックスから取り出した料理はまだ熱く、湯気を漂わせていた。これはダンジョンに入る前に買った料理で、出来立てをすぐにアイテムボックスへと仕舞っておいたものだ。

安全地帯に美味しそうな臭いが漂う。空腹を意識した俺は、早速料理を食べ始めた。

「そうなると、アイテムボックスに入っている間は時間が経過しないということだな？」

もしくは経過しているかもしれないが、時間の流れが緩やかなのかもしれない？

料理を口に含みながら俺は実験結果について考える。

SPが大量に必要なのはネックだが、アイテムボックスは、それを補って余りある有用なスキルだ。

「どうしてこんなスキルが、今まで誰にも知られていなかったんだ？」

商人がレベルを上げるのは確かに大変かもしれないが、戦闘をする商人も完全にゼロということはないだろう。何かの拍子に、商人のレベルを25まで上げた人間も絶対に存在しているはずなのだ。

「……ただ商人のレベルを上げるだけじゃ駄目なのかもしれないよな？」

俺は初めて自分のステータス画面を見た時のことを思い出す。

初めてステータス画面を見た時、俺は最初から『剣術1』を取得していた。

『ステータス操作』のユニークスキルに目覚めるまで、俺はショートソードでゴブリンと戦っていたので、その時に取得していて、効果が目に見えないため、取得したと認識できなかったスキルだ。もし、これが俺の一年間のゴブリン狩りの際に得られたスキルだと考えると、一つの仮説が浮かんでくる。

「普通の冒険者のスキル取得条件には熟練度みたいなものがあるんじゃないだろうか？」

内容にそった行動をすれば熟練度が上がりスキルを取得する。

スキルを使えば使う程熟練度が上がり、一定を超えるとレベルが上がる。そう考えると色々と納得できる気がする。

「『アイテムボックス』の取得にはSPが100も必要になる」

基本的に、スキルポイントが高い方が、自力でスキルレベルを上げる難易度が高いと思われる。

商人という戦闘に不向きな職業、そして条件を満たしてもSPを消費してスキルを取得できず、かといって熟練度を上げようにも『アイテムボックス』の存在自体を認識していないので上げようがない。

これならば、これまで『アイテムボックス』持ちが現れなかった理由が説明できる。

「後は……秘匿されている可能性だろうか？」

これ程のスキルなのだから、色々と重宝されるので、その可能性は低い気もする。

有用なスキルが発現したなら積極的に使えば地位も金も手に入るからだ。

「まあ、これ以上は考えても仕方ない。とりあえず狩りを続けるとするか」

俺は料理を口に押し込むと水で流し込み、狩りへと戻るのだった。


「今日はこんなものか？」

懐中時計を見ると、普段戻る時間を大分オーバーしていた。

俺が今日倒したモンスターの数は六百匹。それに対して出たレアアイテムは十三個で、魔石は百三十五個だった。

「レアアイテムの内訳は……戦士の証が三個にポーションが十個」

どちらも冒険者ギルドで買い取ってもらえるので収入の足しになる。それにしても、魔石の落ち方が凄い。これまでの倍以上になっている。

「これは、流石にサロメさんに話さなきゃまずいよな……」

俺は自身のスキルについて、どう説明すれば頭の心配をされないか、悩みながら帰るのだった。

「あっ、お帰りなさい。ティムさん」

ダンジョンから戻るとサロメさんが笑顔で迎えてくれる。

最近はいつもこう言ってくれるので、この言葉を聞くと帰ってきた実感が沸き、気が緩む。

「それで……今日の収集品は……？」

サロメさんが顔を寄せ、囁いてくる。

「今日も裏でお願いします」

俺がそう言うと、二人で奥の部屋へと向かう。

「これが今日の成果です」

『アイテムボックス』を開くと、床に魔石とドロップアイテムを積み上げていく。

「一昨日よりも滅茶苦茶増えてますね!?」

彼女の驚いた声が聞こえる。

「それにしても、何か秘密があるとは思っていましたが、自分で任意でスキルを取得できるなんて反則すぎますよ」

普通の人間は、スキルを使っていると、ふとした瞬間に新しいスキルが閃き使えるようになるという。そんな中、俺がいつでもスキルを取得できると報告した時のサロメさんの驚きようは凄かった。

アイテムボックスの件から数日が経ち、これ以上は秘密にしておけないと判断した俺は、サロメさんに『ステータス操作』のスキルについて打ち明けた。

元々、ギルドマスターも彼女も、俺に何か凄いスキルが宿っているのは察していたので、その時は受け入れてくれたのだが……。

「それにしても、私には何もないところからアイテムを取り出しているようにしか見えませんね。ここに『アイテムボックス』があるんですか？」

彼女の手がアイテムボックスをすり抜ける。どうやらこのスキルは『ステータス画面』と同じく、俺にしか見えないし触れないものらしい。

「ええ、アイテムがかなり収納できるので、凄く便利なスキルなんですよ」

とはいえ、冒険者ギルドの受付で大っぴらに取り出すわけにもいかず、こうして部屋を用意してもらっている。

「やっぱり、初出のユニークスキルですかね？」

「私が調べたところ、情報はありませんでしたね」

スキルを明かすついでに、この『アイテムボックス』や『ステータス操作』を使える人間が過去に存在したか調べてもらったのだが、今のところ有力な情報はないらしい。

それだけに、俺がこの情報を公開したら、多くの注目を集めることになるだろう。

そんなことを考えていると……。

「そうです。今回の買い取りで、ティムさんはDランクに昇格します」

サロメさんがさらりと告げた。

「えっ？　この前Eランクになったばかりじゃあ？」

あれから、一ヶ月も経っていないのに昇格と言われて驚いた。

「最近のティムさんが、冒険者ギルドに落としている利益を考えれば当然です」

ギルドランクの昇格条件には、依頼達成のほかに貢献度というものがあると、サロメさんが説明してくれた。

確かに俺はここ最近、不足している鉄材や、大量の魔石を納めていたのでそう言われると納得できる。

「そもそも、四層に長時間籠って狩りをできる時点で、実力は証明されているんです。今回、私はギルドマスターにCランクにしてもよいのではと打診したのですが、一度に二つのランクアップは周囲から怪しまれたり、妬みを買うと断られたんですよ」

頬を膨らませて憤りを見せる。こんなサロメさんを見るのは珍しい。

「そこまで俺を買ってくれてるんですか……」

サロメさんの言葉に俺は驚く。

「当然です、ティムさんは冒険者の中でも滅多に出ない『覚醒者』ですし、それに何より……」

「何より？」

俺が聞き返すと、彼女は嬉しそうな表情を浮かべる。

「私のことを信頼してスキルを明かしてくれましたから。信頼していただけたなら誠意で返したいじゃないですか？」

そう言うと、彼女はドキリとする魅力的な笑顔を俺に見せると仕事に戻っていった。

★

「やっぱり、今回の依頼。二人だけだと厳しいと思う」

グロリアはそう切り出した。

「確かに、せめて前衛が一人は欲しいところだよね」

マロンもグロリアの意見に頷く。

以前依頼を受けた村から指名依頼が入ったので受けてみたのだが、内容を聞いて二人でこなすのは厳しいと判断する。

「かといって、他の人を入れるのは……」

依頼先がへんぴな場所にある村なので、途中何度か野営をすることになる。

グロリアもマロンもこれまで多くの男冒険者に言い寄られてきたので、そのようなシチュエーションに危険を感じていた。

「私たちと面識があって、言い寄ってこない相手……、あっ！ そういえば」

「え、何か名案でも浮かんだ？」

「ティムが最近、Dランクに上がったみたいなんだよね」

「もうそんなところまで？」

記憶が正しければ、彼は相変わらずソロで冒険者をやっているはず。貢献度によりランクが上がるシステムなので、スキルを覚えたとはいえ短期間でDランクまで上がるのは尋常な速度ではない。

「あいつ、間違いなく今一番の成長株だしさ、リアもあいつなら構わないんじゃない？」

「……どういう意味よ？」

研修時代からグロリアがティムのことを気にかけているのを知っている。

「勿論、信頼している同期って意味だったけど、もしかして、それ以上の意味があるのかしら？」

マロンは笑みを浮かべると、グロリアをからかった。

「も、もう。知らない！ 好きにすれば！」

グロリアは顔を逸らすと言い捨てた。

「わかった、それじゃあ。私の方から声を掛けてみるから」

不貞腐れた親友を横目に「これがきっかけで仲を深められるといいわね」とマロンは内心で

思うのだった。

★
「あっ、ティム。こっちこっち」

マロンが手を振っている。その後ろにはグロリアもいて、どこか硬い笑顔を俺に向けていた。

「ごめん、待たせたか?」

「大丈夫よ。待ち合わせ時間はまだだったし」

気さくな様子で話しかけてくる。

「今日からしばらくの間、よろしく頼む」

俺は、今から一緒に依頼をこなす二人に改めて挨拶をする。

「噂の急成長ぶりをあてにしているからね」

「うんっ！　よろしくね、ティム君」

二人はとても良い返事をしてきた。

今回、俺がDランクに昇格した情報を得た彼女たちから「依頼を手伝って欲しい」と頼まれたのだ。

あくまで臨時の依頼になるので今回限りなのだが、同期の中でも特に気にかけてくれていたグロリアからの頼みとなると断る理由がない。

「それじゃ、早速パーティーを組むわよ。私がリーダーだけどいいよね？」

マロンがそう言ってくる。

「勿論だ」

彼女たちはCランク冒険者で俺よりもランクが上。リーダーに異論があるはずもない。冒険者カードを重ねてパーティー申請を受諾すると、

名前：マロン　年齢：16　職業：魔道士レベル33
筋力：22　敏捷度：50　体力：35
魔力：174＋66　精神力：135＋33　器用さ：125＋33　運：120
ステータスポイント（ST）：160
スキルポイント（SP）：64
スキル：『杖術2』『ファイアアロー5』『アイスアロー5』『ウインドアロー4』『ロックシュート3』『瞑想5』『ヒーリング1』『ウォール5』『バースト4』『魔力集中3』

名前：グロリア　年齢：16　職業：僧侶レベル32
筋力：30　敏捷度：45　体力：45

魔力：143+32　精神力：169+64　器用さ：122+32　運：170
ステータスポイント（ST）：155
スキルポイント（SP）：62
スキル：『棍術4』『ヒーリング5』『キュア4』『ハイヒーリング3』『スピードアップ3』
『スタミナアップ3』『瞑想3』

二人のステータスが表示される。

以前見たミナさんやオリーブさんより低く、スキルレベルも限界まで達していないものが多い。

（もしかして、これって弄れたりするんじゃないだろか？）

ふと、そんな発想が浮かぶ。よく見ると『＋』の表示もあるし、STとSPも存在しているので可能性はありそうだ。

俺が彼女たちの情報をまじまじと見てしまっていると……。

「な、何かな？」

気が付けばグロリアが顔を赤くして聞いてきた。彼女たちにはこのステータス画面は見えていないので、突然俺が凝視してきたようにしか見えなかっただろう。

「い、いや。ごめん……つい」

ろくな言いわけも思いつかずそう答えると、マロンがアゴに手を当て「ふーん、まんざらでもないんだ?」と呟いた。

「とりあえず、出発するわよ」

俺たちは、マロンの号令の下、街を出発するのだった。

今回、俺たちが受けた依頼先はへんぴな場所にある村だった。乗合馬車も出ておらず、かといって自分たちで馬車をレンタルすると足が出てしまうため、俺たちは徒歩でその村へと向かっていた。

「モンスターね」

ヴィアを離れてから半日が経ったころ、マロンが緊張感のない声でぽつりと呟く。俺たちの前にモンスターが現れた。

「ティムは前に出て敵を抑えて、リアは支援魔法を! 私は『ウォール』で敵を分断するわ!」

「わかったわ!」

「了解!」

マロンの指示に従い、俺はショートソードを抜きモンスターの前に立つ。

目の前には三匹のオークが立っている。

ゴブリンやコボルトなどとは違い、はち切れんばかりの筋肉に急所を革の防具で守っている。

これまで、俺は戦士コボルトや戦士ゴブリンなどとしか剣で戦ったことがない。

オークはダンジョンで俺が戦ったモンスターより強いことは間違いなく、俺は警戒をする。

「支援しますっ！『スタミナアップ』」

「助かるっ！」

俺は短くグロリアに礼を言う。

グロリアから『スタミナアップ』が掛るのを確認すると、俺は左側のオークへと突撃する。

マロンが「分断する」と言ったので、魔法を撃ちやすいように右側は開けておいた。

「ブフゥ――――――！」

鼻息を荒くし、オークが俺に向かってくる。

オークの脅威は何よりそのパワーだ。生半可な鍛え方だとパワー負けして押し込まれてしまう。

前衛が崩れるようでは後衛も安心して魔法を唱えることはできない。

「はっ！」

「ブウゥ――――――！」

俺は振り下ろしてくるオークの剣を『パリィ』で弾くと、足元を斬り付けた。

「『アイスウォール』」

氷の壁が横に発生し、オークを分断した。魔道士は距離を取る必要があるので、この魔法を使う頻度が高い。

二人は張った壁に対して正面になるように移動する。

こうすればどちらから回り込んできても、それなりに時間を稼げるはずだ。

「『バッシュ』」

身体強化がされた俺はそれから何度か攻撃をしてオークを斬り倒す。

初めてなので慎重に立ち回ったが、今の俺ならば問題なく戦うことができた。

「ティム君！　残り二匹が回り込んで来ます！　注意してください！」

グロリアの忠告とともに左右から襲い掛かってきた。一匹目の攻撃を『パリィ』で崩し、足元を斬り付ける。もう一匹がその隙に横から襲い掛かってきたので『後方回避』で下がった。

「マロン！　今だっ！」

「ナイスよっ！　ティム！『ファイアバースト』」

先程から魔法を用意していたのが視界の端に映っていた。マロンは俺に微笑を向けると大技を繰り出した。

「『ブブブゥ――――!?』」

かなりの破壊力だったのだが、この一撃では倒すことができなかったようだ。

オークたちは憎悪をたぎらせると、マロンを睨み付ける。

「もう一発撃つからっ！　そのまま抑えてっ！」

マロンからの指示が飛んでくるが、せっかく距離が開いているのだから、これを活かさない手はない。

俺はショートソードを掲げると魔法を放った。

「『ファイアアロー』」

「「なっ！」」

マロンとグロリアの驚く声が聞こえる。

五本の火の矢が突き刺さり、オークたちを焦がす。

ダンジョン内と違って死体が消えるわけではないので、肉の焼けた嫌な臭いが漂ってきた。

今の一撃で勝負がついた。オークが死んでいるのを確認すると、俺は二人の下へ戻る。

「ちょ、ちょっと……。あんた、今の何なわけ？」

マロンが詰め寄ってくる。

「ティム君、剣を使ってたよね？　えっ？　ファイアアロー？」

グロリアも混乱している。

「ああ、俺は剣と魔法両方のスキルを扱えるんだ」

実際は他にも色々使えるのだが、それを話すと長くなる。

「普通、両方を使ってると中途半端になるんだけど、今のは本職の魔道士の魔法と比べても遜色なかったわよ。それがあんたがあっという間にDランクになった強さの秘密ってわけ？」

「まあ、そんなところだ」

マロンの探るような言葉に返事をした。

「ティム君、凄い！　本当に凄いよ！」

グロリアが興奮しながら俺の両手を握ってくる。マロンもずっと俺を見ている。

「とりあえず、先に進まないか？」

まだ色々聞きたそうな顔をする二人を促し、俺は先へと歩き出すのだった。


パチパチと薪が爆ぜる音がし、焚火の炎が揺れている。

現在、俺たちは一日の移動を終えて野営をしていた。

少し離れた場所には、布と縄で張られた簡易天幕が設置されている。

雨風を完全に防げるかと言われると疑問だが、運びやすさと眠れれば良いという点を考えれば十分なのだろう。

一定時間ごとに手元にある薪を放り込み、火を見つめる。現在、俺は一人で見張りをしている。

俺たちが野宿しているのは街道にあるベースキャンプ場ではなく、街道からそれた森付近なので人の気配がない。野生のモンスターが寄ってくる可能性があるので、誰かしら起きていなければならず、今は俺の順番ということだ。

マロンとグロリアはテントの中にいて、身を寄せ合って眠っているのだが、この後交代になったら俺はどこで眠ればいいのか疑問が浮かぶ。

そんなことを考えながら火の番をしていると、テントから誰かが出てきた。

マロンと目があう。彼女はテントから離れるとどこかへと行ってしまった。

しばらくして、用を終えたのか戻ってくると、マロンはテントに戻らずに俺の近くの岩へと腰かけた。

「……ねぇ」

彼女が話し掛けてくる。

「それ、懐中時計でしょ？」

「あ、ああ……」

見張りの交代の時間を確認するために持っていた懐中時計に視線を送ってきた。

「ちょっと見せてよ」

どうやら、懐中時計が気になって話し掛けてきたらしい。

俺はマロンに懐中時計を渡す。

「この刻印、ロジェのじゃない？」

「そうなのか？」

サロメさんにお金を払い、適当に用意してもらった物なので、制作者が誰なのか知らない。

「ヴィア一番の時計職人じゃない。予約が殺到しているから、入手するのに一年は待たなきゃいけないのよ。正確に刻をきざむ針の動きと精密な作りは、一度稼働したら寸分狂うことなく五十年は動き続けるって有名よ？」

マロンのあまりの饒舌ぶりに驚かされる。これまでこんな表情を向けられたことがなく、焚火越しに見る彼女の目はキラキラ輝いていた。

サロメさんが用意してくれたので知らなかったが、彼女の人脈はどれだけ広いのだろうか？

「私もいずれは欲しいと思っていたのに……まさか、ティムに先を越されているなんて！」

悔しそうな声を出しながら、懐中時計を返してくる。

「それ、結構な値段したでしょう？」

「……まあ、それなりには」

俺はサロメさんに支払った金額を思い出す。

「あっさり買えるってことは……あんた、結構稼いでいるわね？」

「ダンジョンでひたすら狩りをしてるだけだからな、そんな実感が湧かない」

他の冒険者の収入を聞いたことがないので比較できないのだ。

最近では通貨で受け取らずサロメさんから口座残高を教えてもらう程度だ。

「そろそろ、交代の時間じゃないか？」

懐中時計を見ると、ちょうどマロンが見張りをする時間になっていた。

俺が立ち上がり天幕へ向かうと、マロンが今まで俺が座っていた場所に腰掛けて焚火に木の枝を放り込んだ。

「やっぱり野外活動にはあった方が良いわよね、私も一つ買っておこうかしら」

俺に同意を求めているのか、ポツリと呟いた。

「そうだ、あんた魔法の才能あるわよ、私の魔法に合わせて動く立ち回りとかも、わかってる感じだったし。良かったらこの依頼の間に鍛えてあげるわ」

意外な提案をしてきた。

「ああ、俺もマロンの動きは勉強になるから是非頼む」

そう言って天幕を潜ると、

「うぅ――――ん」

毛布を跳ねのけ、服をはだけさせて眠るグロリアの姿があり、俺はどうやって寝ようか考え込むのだった。

翌日から、マロンが良く話し掛けてくるようになった。

話題は懐中時計や服飾ブランドなどが多いのだが、最近、ちょうどオリーブさんに連れられて服屋に行ったこともあり、幾つか知っているブランドについて触れると話が弾んだ。

「な、何か急に二人仲良くなってない？」

「そう？　話して見るとわりと面白いやつだったからね」

「むー、マロンばかりずるい」

頬を膨らませて俺を見るグロリア。そんなことを言われても、どう反応すれば良いのだろう？

一部そんなやりとりがあったが、旅は順調に進んでいた。

ときおり、リザードマンやらオークなどが現れるのだが、マロンが立てた作戦で、二人して魔法を唱えて順番に放つことで、モンスターを近付けることなく討伐することができた。

そのお蔭もあってか、ヴィアを出てから五日で、俺たちは依頼があった村へと到着した。

「それじゃあ、私は依頼内容を聞いてくるから、先に宿で休んでおいてちょうだい」

マロンが代表として村長の話を聞いてくる。

俺とグロリアは村に一軒しかない宿屋へと先に向かった。

「今回の討伐依頼は、レッサードラゴンが一体らしいよ。下位種とはいえドラゴンには武器の攻撃も効き辛いし、魔法にも耐性がある。私の支援魔法を掛けていても簡単に倒せるとは思わない方がいいかも……」

いざ、依頼先に到着し、村人の表情を見ているうちに不安が襲ってきたのか、グロリアは俯いてしまった。

「ティム君は、竜種と戦うの初めてだよね？　怖くなったりしないの？」

俺はグロリアの質問について考える。レッサードラゴンというのは、竜種の中ではもっとも弱いモンスターで、大きさは数メートル、鋭い爪と牙を持つ。冒険者ギルドでの討伐推奨ランクはCなので、従来のパーティー人数を揃えていない今回は、明らかに戦力不足だろう。

そう考えると、怖気づいてしまいそうになるのだが……。

「確かに怖いけど、俺たちが討伐しなければ村の人たちが困ることになる。そう考えたらやるしかないと思う」

決して豊かな村ではないのだろう。村中から依頼料を掻き集め、どうにかして欲しいと願って待っていたはずだ。

マロンから聞いた今回の依頼料は決して高くない。彼女たちがこの金額で依頼を受けたのは、俺と同じように考えているからではないだろうか？

「そう……だよね。それでこそ、ティム君だ」

グロリアは優しい瞳を俺に向けてきた。

「研修時代もそうやって周囲を励まして皆で乗り越えようとしてたよね。私はそんなティム君の姿に勇気をもらっていたんだよ」

「結局、俺だけスキルを得られずに置いていかれたけどな」

当時を思い出すと恥ずかしくなり、頬を掻く。あれだけ周りに声を掛けまくっておきながら、俺だけが何のスキルも得られなかったのだから。

「でも、今はスキルを得て、こうして私たちと肩を並べて戦ってくれてるじゃない。数ヶ月前からは考えられないくらい、ティム君は成長しているよ」

グロリアの言葉に俺は頷く。自分が成長しているのはステータス画面で見て知っている。この数ヶ月、誰よりも強くなるために努力してきたからだ。

「ごめんね、ティム君のやる気に水を差しちゃって。君はもう守るべき対象じゃない、大切な仲間だよ」

これまで、彼女は俺のことをよく気にかけてくれていた。

だが、俺とグロリアの関係は、彼女が俺を心配してくれて、治癒魔法を掛けてくれる。一方的なものだった。

ところが今、グロリアは俺のことを仲間だと言い、対等だと認めてくれたのだ。その言葉がどれだけ嬉しいことだったか、彼女にはわからないだろう。

「ああ、今度は俺がグロリアを守る！」

彼女の言葉に応えるように、俺はグロリアの両手を握り締める。細く冷たい指をしている。

「そ、そうだ……。一つだけ約束して欲しいことがあるの」

彼女は顔を赤くすると唐突に俺に頼んで来た。

「おっ！　何でも言ってくれ！」

瞳を潤ませ懇願してくる彼女。

「この依頼を無事に終えてヴィアに戻ったら。一日だけティム君の時間をちょうだい」

「それって……」

「デートして欲しいの」

そう言って顔を近付けてくる。心臓が破裂しそうになり、俺は何と答えればよいのかわからず狼狽えていると……。


――バンッ――

宿屋のドアが開き、マロンが入ってきた。

「お、お帰り、マロン。話は終わったの？」

咄嗟に手を放し、距離を取るとお互いに違う方向を向く。

「ええ、とりあえず、モンスター討伐のために協力してもらえることになったわ」

安全にレッサードラゴンを討伐するため、作戦を練っていたのだが村人の協力が必要だった。

どうやらうまく交渉できたらしい。

彼女は溜息を吐くと、椅子に座り飲み物を注文するのだが……。

「ん、二人ともなんか妙に顔が赤くない？」

俺たちは焦りを浮かべると、どうにか言いわけをして誤魔化すのだった。

月明かりが照らす中、俺とグロリアとマロンは牧場に潜伏していた。

それというのも、ここにターゲットのレッサードラゴンが現れる予定だからだ。

二人の顔から緊張感が伝わってくる。無理もない、俺たちはこれから三人だけで高難度の依頼に挑まなければならないのだから。

「来たわよ……」

マロンが小さな声で告げる。

牧場には、囮となる家畜が繋がれており、開けておいた柵からレッサードラゴンが入ってきたからだ。

家畜の鳴き声が止み、レッサードラゴンの動きが止まる。

俺とマロンは目を合わせて頷き合う、そしてできるだけ足音を立てずに移動する。レッサードラゴンに気取られないことを優先しているので、防具は身につけていない。

打ち合せ通りの配置に就くと合図を待つ。

次の瞬間、光の球が打ちあがり、周囲を明るく照らす。

「ゴアッ？」

穴の奥で家畜を貪っているレッサードラゴンの姿が映った。

「『アイスウォール』」

マロンの声が響くと氷の格子が現れ、天井に蓋をする。魔法の形を自由に変えられると聞いていたが、実際に目の当たりにしてその技量に驚かされる。

「さあ、後はあんたの仕事よ！」

促されて俺は頷く。

「『魔力集中』」

魔力が上がっているお蔭もあるのだが、例のスキルの影響も感じられる。

「ゴアッ！　ガアウウッ！」

マロンが魔力を注いでいるので氷の壁が邪魔をして、レッサードラゴンは穴から這い上がってくることができなかった。

その姿は凶暴そのもので、牙を向けられているマロンは、震えながら必死にモンスターが出てこないように魔力を込め続けていた。

魔法が完成し、俺はてのひらを穴へと向ける。

「マロン、撃つからな！」

「は、早くしなさいよねっ！」

彼女の言葉に頷くと、魔法を解き放った。

「『ファイアバースト』」

次の瞬間、暴力的なまでの威力の魔法が穴の中に飛び込む。

マロンが張ったアイスウォールを一瞬で壊したそれはレッサードラゴンへと直撃すると、

——ドッゴオオオオオオオオオオオオッン！！！！——


「ガアアアアアアアアアアアアアアアアッ」

レッサードラゴンは大きな叫び声を上げた。

「ちょっと！　こんな威力聞いてない！　うわっ、ほこりがスカートに付いちゃったじゃない」

爆風で吹き飛ばされたマロンが戻ってくるなり文句を言う。俺はレッサードラゴンの状態を確認するため、穴を凝視し続ける。やがて、煙が晴れてくると、

「あんた、これはやりすぎじゃあ？」

掘っておいた穴がさらに深くなっており、中にはバラバラになったレッサードラゴンの骨が転がっている。どう見ても死んでいるのは明らかだ。

「レッサードラゴンを一撃で仕留めるなんて、あんたの評価を完全に改める必要がありそうね……」

マロンはそう言うと、呆れた表情で俺を見るのだった。

宿の部屋に戻りドアを閉め、ベッドに腰掛けるとステータス画面を開く。

「まさか、あんなに上手く行くとは思わなかった」

今回の依頼、終わってみればこちら側に一切被害を出さずに片付けることができた。

グロリアの支援魔法のお蔭で魔力が温存でき、マロンが敵の動きを封じ込めたことで攻撃魔法の威力を高めることに専念できた。

「それもこれも、すべてはこのスキルのお蔭だな」

最近、俺は『見習い冒険者』のレベルを25まで上げ、新たなスキルを取得した。『指定スキル効果倍』『指定スキル効果倍解除』の二つだ。

このスキルは、指定したスキルの効果を倍にするもので、今回、俺は『バースト』『魔力集中』を指定し、職業を魔道士にすることで魔法の威力を最大まで高めることにしたのだ。

途方もない威力が出るであろうことは想像できたが、こんな魔法を平地でぶっ放すわけにはいかない。

この魔法を作戦の軸にできないかマロンに相談したところ「だったら、穴を深く掘って家畜を囮にしてレッサードラゴンをおびき寄せればいい」と言われたのだ。

幸いなことに、彼女は『ウォール』の形を自在に操る技術があるので、即席の檻に閉じ込めてやればレッサードラゴンを逃がさずに済む。

そんなわけで、俺とマロンの連携により、作戦はこれ以上ないくらい成功したのだった。

「後は時間を掛けて指定スキルを解除だな……」

もう一つ覚えた『指定スキル効果倍解除』というのは検証したところ、一日に一スキルだけ対象スキルを外すことができる。

今のままのバーストでは危険すぎるので、早々に外して他の『取得増加系』に付け替えるべきだろう。

「とにかく、無事に片付いてよかった」

俺は力を抜くと、ベッドに仰向けになり、目を閉じると眠りに落ちた。

名前：ティム　年齢：16　職業：魔道士レベル28
筋力：245　敏捷度：248　体力：232
魔力：306+56　精神力：303+28　器用さ：301+28　運：207
ステータスポイント（ST）：2
スキルポイント（SP）：1
ユニークスキル：『ステータス操作』
効果倍指定スキル：『バースト5』『魔力集中5』

スキル：『剣術5』『バッシュ5』『ヒーリング5』『取得経験値増加5』『取得スキルポイント増加5』『取得ステータスポイント増加5』『パリィ5』『後方回避5』『ファイアアロー5』『アイスアロー5』『ウインドアロー5』『ロックシュート5』『瞑想5』『ウォール5』『バースト5』『魔力集中5』『スピードアップ5』『スタミナアップ5』『アイテムドロップ率増加5』『アイテムボックス1』『指定スキル効果倍2』『指定スキル効果倍解除1』

★

「……それにしても、ティムがあんなに凄くなるなんてね」

温泉に浸かりながら、マロンは今回の討伐依頼を振り返っていた。この村にある温泉は魔力回復などの効能があるので、肩まで浸かったマロンの身体は温かくなってきた。

「……うん、結局ほとんど一人でレッサードラゴンを倒しちゃったし、気のせいか、この村に移動するまでの間にも強くなってた気がするよ」

グロリアの目から見て、日が経つごとにティムの動きが洗練され、魔法の威力が上昇していたように見えた。

遭遇するモンスターの弱点を探り、二度目に遭遇した時はもっとも効率の良い方法で敵を倒す。

「スキルなしでずっと頑張ってたから、もうすぐ消えるもんだと思ってたんだけどなぁ」

マロンは頬杖を突くと自分の予想が外れたわりには嬉しそうな顔をする。

隣でその表情を見たグロリアは真剣な表情を浮かべマロンに確認する。

「も、もしかしてマロン、ティム君のことを……」

最後まで言葉にすることができなかったが、マロンはグロリアが言いたいことを読み取った。

「私があいつを好きになったと思ったの？　まさか、ないない。他の男どもに比べたらましだけど、恋愛対象になんて見られないわよ」

手を振って否定する。内心では「それに、これまで一途に想い続けてきたリアには勝てないしね」と付け加える。

「それより、あんたの方こそ頑張りなさいよ？」

「が、頑張るって何を？」

「あれだけの実力を備えているティムに、今後は多くの人が注目するに決まっているわ。そうなったら、あいつの周りにはたくさん冒険者が集まることになる。もし、リアがあいつと付き合いたいと思っているなら、尻込みをしていたらあっという間に誰かに盗られちゃうからね？」

「うっ……わかってるよぉ」

グロリアは恥ずかしそうにすると、お湯をすくい顔を洗うと気を引き締めた。

「マロン」

「うん？」

「私頑張るから、応援してよね！」

満天の星が輝く中、二人の女性の話し声が夜遅くまで続くのだった。

★

「それじゃあ、今回の依頼達成お疲れ様」

マロンの音頭で俺たちはエールが入ったコップを合わせる。

ヴィアに戻り、依頼完了の報告を行った俺たちは、打ち上げをするため、虹の妖精亭を訪れた。

「今回は良い経験を積ませてもらった。誘ってくれてありがとう」

この打ち上げが一つの区切りとなるので、俺は二人に礼を言っておく。

マロンからは魔道士の間合いの取り方や魔法の選択や知識を、グロリアからは支援魔法を扱う際、どこに気を付けるべきか色々と教えてもらったからだ。

「こっちこそ、ティム君には色々助けられたし」

「そうね、ここまでスムーズに仕事が片付いたのはあんたのお蔭よ」

二人が俺を認めてくれたかのような言葉を口にする。

「それより、あんたの方がこれから大変よ？」

「どうしてだよ？」

「周りを見なさいな」

マロンは右手を上げると俺に見るように周囲を指差した。

すると、そこにはたくさんの冒険者がいて、こちらを……いや、俺を見ていた。

以前、相席した時も視線を感じた。あの時はこの二人と同席する俺に対する嫉妬の視線しかなかったが、今回は違う表情も混じっている。

「レッサードラゴン討伐で活躍したって噂が広まってるから、これから勧誘も増えるわよ」

しばらく三人で酒を呑んでいると、何人かの冒険者が話し掛けてきた。

「よう、ティム。随分と活躍したみたいじゃねえか」

「一人でレッサードラゴンを殺せる魔法を撃てるんだって？　うちは今、後衛を募集しているんだが……」

「剣もかなり使えるらしいじゃねえか？　中衛として来てくれるなら高待遇を約束するぞ」

有名なクランの代表やAランクからDランクパーティーの冒険者まで、とにかく多くの人間が俺に話し掛けてきた。

俺はそのすべてに返事をにごしていると、彼らは「良い返事を期待している」と言って立ち去っていく。

「すまないな、せっかくの打ち上げなのに……」

「別に構わないわよ。あんたの実績なら声が掛かるのは当然だし、これまで苦労してきたんだから束の間のモテ期を楽しみなさい」

マロンは果物を口に放り込みながら「どうせどこかのパーティーに決めたら静かになるんだし」と言った。

「グロリアは平気なのか？」

「はれぇ？」

俺が目を離している間どれだけ呑んだのか、顔が真っ赤になっていて頭がふらついている。

「えへへへ、マロン。ティム君が一杯だから皆に配っても私の分あるよねぇ？」

「ちょっ！　酔っ払いっ！　そんなわけないでしょうがっ！」

マロンに抱き着きながら意味不明なことを言っている。

「そろそろ解散にするか……」

完全に出来上がっているグロリアは、マロンに抱き着き半分目を閉じて眠っている。旅の疲れもあるし、後は宿に戻ってゆっくりしようと考え、二人を先に帰し、会計を済ませる。

俺がほろ酔い気分でいると、酒場の入り口が開き、見覚えのある少女が入ってきた。

「ガーネット。王都から戻ってきたのか？」

実家の用事でヴィアを離れていたガーネット。一ヶ月ぶりになるのだが、彼女の顔を見ると懐かしさがこみあげてくる。彼女は返事をすることなく走り寄り、俺に抱き着くと、

「ティム先輩。大変なことになってしまったんです！」

顔を上げ、不安そうな表情を浮かべた。

「どうしたんだ？」

ただならぬ様子に、俺は聞き返す。

「冒険者を辞めさせられそうなんです」

彼女はそう告げるのだった。

五章

馬車が動き出し門を通過する。側面にある窓にはのどかな風景が映っている。

外には護衛の冒険者が十数人いて、馬車を囲んでおり、馬車の中には裕福そうな客が何名か椅子に座って会話をしている。

今までの俺なら、冒険者側に立っているはずなので、こうして馬車に揺られていることに違和感を覚えていた。

現在、俺たちは王都へと向かう馬車に乗っている。目的は王都にあるガーネットの実家を訪ねるためだ。

俺の隣にはガーネットが座っている。彼女は今まで着ていたローブ姿ではなく、魔法が付与された防具を身に着けていた。白を基調とした金刺繍の入ったドレスに急所などの各部を守るプロテクター。短めのスカートから眩しいばかりの太ももが見えている。

こんな格好をしているが、防御力に関しては相当高い。『プロテクション』という防御魔法が付与されているので、ダガー程度の攻撃では傷一つ付けられない。

俺が彼女の新しい装備を見ていると、ガーネットは身動ぎして、恥ずかしそうな表情を浮かべる。

どうして彼女がこのような装備に身を包んでいるのか、どうして俺たちが王都へと向かっているのか、俺は窓の外を見ながらこうなった経緯を思い出す。

◇

ガーネットの話を聞くために、酒場から場所を移すと、俺は彼女を宿の自分の部屋へと連れてきた。

内容が内容だけに、人のいる場所でできる話ではない。

俺は、一旦部屋を出ると宿の人間からお茶をもらってくる。少し時間を置くことで、彼女に冷静さを取り戻させるためだ。

部屋に戻ると、彼女はベッドに座っていた。俺は茶を淹れるとコップに注ぎ、片方をガーネットへと渡した。

「ふうふぅ」と息を吹きかけて冷ましてからお茶を飲む。酒場で抱き着いてきた時よりは落ち着いている。

俺はコップをテーブルに置くと話を切り出した。

「冒険者を辞めなければならないって、どういうことなのか説明してもらえるか？」

彼女は頷くとぽつぽつと話し始めた。

「この一ヶ月の間、私は実家に呼び戻されていましたが、実はある事情があったのです」

ガーネットが実家に呼び出されて帰省していたのは俺も知っている。

「王都の……パセラ伯爵家を御存知ですか？」

「いや、知らないな」

こんな片田舎街で冒険者をしている人間が王都の貴族を知るわけがない。

「そこが、私の実家なんです」

「はっ？」

唐突な言葉に俺は口をぽかんと開ける。

「私はパセラ伯爵家の三女で、両親の反対を押し切って冒険者になったんです」

彼女が実家を飛び出したことと、親の反対を押し切って冒険者になったことについてはサロメさんから聞いていた。だが、まさか伯爵家だったとは……。

「最近、私がパーティーから追い出されたという情報を得た両親が、冒険者を辞めるように言ってきたのです」

なるほど、それであの時手紙が来たのか。彼女が王都に戻った経緯がわかった。

「私は実家に戻ると、両親に『冒険者を続けさせて欲しい』と頼みました。ですが、両親は首を縦に振ってくれなかったのです」

　そこでガーネットはチラリと俺を見た。

「それで話が平行線になって、両親は私が冒険者を続ける上で条件を出しました」

　どうやら、ガーネットが冒険者を続ける道はまだ残されているようだ。

「それはどんな？」

「ティム先輩を両親に会わせることです」

「お、俺をっ!?　一体どうして？」

「言い争いをしている時に『尊敬する先輩がいる』とティム先輩の素晴らしさを語っていたのですが『それならその冒険者を連れてこい』と言われてしまいまして……」

　ガーネットは申し訳なさそうな表情で俺を見た。

「やはり、御迷惑ですよね。私の家庭の事情に無関係のティム先輩を巻き込むなんて……」

　黙りこんでいると、彼女は俯き溜息を吐く。

「前々から王都にも興味があったんだ。ちょうど観光で行ってみたいと思ってたんだよ」

　俺がそう呟くと、彼女はバッと顔を上げる。

「ティム先輩、それって……」

「別にガーネットが責任を感じる必要はない。両親だって自分の娘がどんなやつと行動をともにしているか気になるだろうし、何より……」

「何より？」

改まって言葉にするのが恥ずかしくて言い淀んでいると、ガーネットは首を傾げ俺を見つめてきた。

「何より、先輩は後輩の面倒を見るのが当然って前にも言っただろ？　なら、ガーネットが冒険者を続ける手助けくらい、いくらでもしてやるさ」

一度口にした言葉を引っ込めるつもりはない。俺は恥ずかしくなったので一気にまくし立てる。

ガーネットはしばらく俺を見ながら肩を震わせ、

「ティム先輩。ありがとうございます！」

抱き着いてきた。

「と、とりあえず、王都に行くことはわかった。ガーネットの両親は、俺ができる限り説得してみるよ」

「御迷惑をお掛けします」

今のところ浮かび上がる人物像として、ガーネットの両親は彼女のことを大切に考えているようだ。

前提にあるのはガーネットが幸せな人生を送れるようにすることだと思う。

ならば、交渉の余地はあるだろう。

ふと、俺は一つアイデアを思い付く。試したわけではないのだが、俺の『ステータス操作』は、パーティーを組んだ相手の取得スキルやステータスを弄ることができるはずなのだ。

ガーネットとパーティーを組み、望むスキルを取得してやり、ステータスを振ってやれば彼女を一人前の冒険者にすることもできる。

だが、この提案にはこれまでにない覚悟が必要となる。

まず俺が持つユニークスキルの存在を彼女に明かす必要があることだ。

「ティム先輩?」

俺がじっと見ていると、彼女もこちらに顔を向けてくる。

まるで俺に全幅の信頼を置いているかのような無防備な態度。俺も彼女の信頼に応えなければならないのではないかと覚悟を決める。

「ガーネット」

「は、はい。ティム先輩」

俺が名前を呼ぶと、彼女は真剣な表情に変わった。

「これから、俺はお前の人生を歪めてしまうかもしれない。俺にとっても初めての試みになる……どうなるかはわからない。だけど、歪めた責任は取るつもりだ」

突然『ステータス操作』の話をしても受け入れてもらえないかもしれない。

まずはことの重大さを認識してもらい、何かあった時はフォローすると事前に伝えておく。

「人生を歪め……責任を取る……ということは……やっぱり!?」

慌てた様子のガーネット。やはり止めておくべきではなかろうか？

俺のそんな迷いに気付いたのか、

「ティム先輩。大丈夫です！　勇気を出してお願いします」

彼女は俺に近付くと両手を握って微笑んだ。

「わかった、なら言わせてもらう」

「はいっ！」

彼女の言葉に後押しされて俺は告げる。

「お前のステータスを操作させて欲しい」

「えっ？」

至近距離で見る彼女は、困惑した表情を浮かべていた。

「つまり、ティム先輩だけが見える『ステータス画面』というのがあって、そこでは自由にスキルを取得し、各能力を上昇させることができるから、私のステータスを弄らせてくれと、そう言いたかったんですね？」

「ああ、その通りだ」

あれから、妙な誤解をしていたガーネットに対し、俺は自分の能力について説明を行った。

最初は混乱していた彼女だったが、一通り俺の説明を聞くと理解してくれた。

「はぁ……そういう意味ですか。私はてっきり……」

「何だと思ったんだ？」

疲れた様子を見せるガーネットに俺は確認する。

「……いえ、気にしないでください。それより、そんな凄い秘密を私に教えて良かったのでしょうか？」

「ああ、教えたのはサロメさんとギルドマスターくらいだな」

もっとも、ギルドの冒険者の態度を見れば、能力はばれていないだろうが俺が『覚醒者』であることは認識しているだろう。

「それでどうする？　さっきも説明したが、俺のユニークスキル『ステータス操作』ならガーネットの『魔力』や『精神力』を弄って魔法を何発でも撃てるようにできるし、新たなスキルを取得させてやることも可能だ」

そうすれば彼女は半人前から脱出することができ、きちんとした実績を両親に示すことで冒険者を続けられるだろう。

「正直『ステータス』とか『スキルを取得』と言われてもピンとこないです」

俺も自分のステータスを画面で見るまでは、そのようなものについて考えたことすらなかった。ましてやガーネットには『ステータス画面』が見えないので、これ以上の説明は不可能だった。

本人が納得してくれなければ俺の提案は成立しない。どうしようか考えていると……。

「でも、ティム先輩のことは信用……いえ、信頼しています。これまで私のわがままに付き合っていただき、今回も実家までついてきてくれると言ってくださいました。なので、お願いします。その『ステータス操作』を私に掛けてもらえないでしょうか？」

彼女は丁寧に御辞儀をする。

「ああ、任せてくれ」

俺のことを『信頼』してくれたガーネットの肩に手を乗せると、はっきり返事をした。

「それで、どうすれば良いでしょうか？」

俺の提案を受け入れたガーネットは自分が何をすれば良いか質問をしてくる。

「それじゃあ、パーティーを組む必要があるから冒険者カードを出してもらえるか？」

「わかりました、少々お待ちください」

彼女はそう言うと後ろを向き、衣装に手を入れるとゴソゴソと音を立てる。

「はい、こちらです」

取り出した冒険者カードを差し出してきた。受け取るとほんのりと温かかった。

俺は自分の冒険者カードを重ねると、パーティー申請の操作と了承の操作をする。

「これで準備は整ったな」

これで、ガーネットのステータスを見ることができる。

「それで、上げるのは魔法の威力を向上させる『魔力』と『精神力』、スキルもアロー系とヒーリングの強化で良いんだよな？」

「それでお願いします」

彼女の希望を確認すると、俺はステータス画面を開き、ガーネットのステータスを確認するのだが……。

「どうされたのですか、ティム先輩？」

背筋を冷たい汗が伝う。

名前：ガーネット　年齢：15　職業：剣聖レベル4
筋力：95＋10　敏捷度：95＋10　体力：95＋10
魔力：3　精神力：5　器用さ：70＋6　運：50＋4
ステータスポイント（ST）：60
スキルポイント（SP）：30
スキル：『アイスアロー1』『ヒーリング1』
取得可能スキル一覧：『オーラ』

なぜなら、彼女は剣聖で、前衛最高峰の適性を持っていたからだ。

◇

「こ、コホン」

ガーネットが咳をすると、恥ずかしそうに俺を見ていた。

こうなった経緯を思い出していたのだが、どうやら彼女を凝視していたらしい。

「そう言えば、身体の具合はどうだ？」

俺はふと気になりガーネットに聞く。先日、余っていたSTとSPを消費しステータスを振り、スキルを取得したからだ。

「結構違和感がありますね……」

そう言うと彼女は身体の各部に触れ感想を言う。

「何分、初めてのことでしたから、怖かった部分はありますけど、ティム先輩に身を委ねて良かったと思っています」

ギョッとしていると、周囲の客がひそひそと話をし始めた。外道を見るような視線を俺に送ってくる。

「ガ、ガーネットその話は止めておこう！」

「えっ？」

俺から話を振ったのだが、明確な言葉を出せないせいで、妙な誤解を生んでしまっている。

「とりあえず、徐々に慣れて行けばいいから、今は旅を楽しもうな？」

俺がそう告げると、彼女は微笑み「はい」と素直に返事をするのだった。


「それでは、今日と明日は補給のため、この街に滞在いたします。出発は明後日になりますので、それまでは自由にお過ごしください」

ヴィアを出てから二日が経ち、俺たちは次の街に到着していた。

現在は、乗合馬車の人間が手配している宿の中に入り、この後の予定を聞いている最中だ。

王都に続く街道のところどころに街が点在しているのだが、街はダンジョンがある場所にしか作られない。ダンジョンは人間の都合で発生してくれないため、次の街まではどうしたって数日かかってしまう。

ここに来るまでの間、一度街道沿いにあるベースキャンプ地で野営もした。

野営とは言っても、食事は用意してもらえるし、寝る時は馬車の中で、毛布もある。

見張りも護衛の冒険者が雇われているので、モンスターや盗賊などに対し周囲を警戒する必要がない。

金で快適さと安全を買っているのだから当然なのだが、普段は冒険者側だけに、自分たちだけが寛いでいる状況に、なんとも申し訳ない気分になった。

そんなわけで、野営の疲れがあったのか、他の乗客たちは早々に用意された部屋へと引き上げて行く。

ガーネットは俺に視線を向けると、

「明後日まで自由行動ですけど、ティム先輩。どうしましょうか？」

今後の予定を聞いてきた。

「明日はダンジョンに入ろうと思っている」

「だ、ダンジョンですか……？」

街には最低一つはダンジョンがある。

それと言うのも、生活を成り立たせている基盤はダンジョンから得られる魔石とドロップアイテムだからだ。

「この機会にガーネットの力も確認しておきたいしな」

その言葉に彼女の表情が強張った。先日、ガーネットの適性が魔道士でも僧侶でもないことを知った俺は、彼女に前衛で戦うように告げた。

あまり気乗りしない彼女を連れて店を訪れると、武器と防具を買い揃えたのだ。

「あ、あの……。私はモンスターを殺したことがないので、できれば心構えを教えてもらいたいのですが……」

ステータスを見る限り、ゴブリンは当然としてコボルトも余裕で倒せそうなのだが、以前懸念していた通り、ガーネットはモンスターを殺すのに躊躇いがある。

おそらく、彼女は俺に勇気づけて欲しいのだろう。

「心構えについてだが……」

「はいっ！」

ガーネットは期待の眼差しを俺に向けてきた。

「慣れろ」

「えっ……え？」

「モンスターを殺すのには覚悟が必要だ、実際に殺して慣れていくしかない」

命のやり取りをしているのだ。下手に甘いアドバイスをすることはできない。

「そう……ですよね……」

ガーネットは俯くと考え始めた。今のうちに覚悟を決めておくつもりなのだろう。

「安心しろって、ステータスも格段に伸びているし、剣聖なんてすごい職業になってるんだから。今のガーネットは以前より相当強くなっているはずだぞ」

彼女の肩に手を乗せて安心させてやる。

「わ、わかりました。それにティム先輩も後ろで見ていてくれますからね」

以前、ゴブリンから助けたことを思い出したのだろう、少しだけ緊張がほぐれたようだ。

それから、明日の集合時間を決めると、俺たちはそれぞれの部屋へと入っていった。

◇

翌日になり、早朝から俺たちはダンジョンの入り口に来ていた。

「さて、早速潜ってみるか」

「………………はい」

俺は、まだ入ったことがないダンジョンに新鮮さを覚え、気分が高揚している。

「あまり寝てないのか？」

一方、ガーネットは、目の下にくまを作っており、顔色も悪かった。

「はい、これからダンジョンに潜ると考えたら、どうにも眠れなくて……うぷっ！」

そう言えば朝食もほとんど手を付けていなかった。今日は延期にすべきか？

そのような考えが一瞬浮かぶが、それではこの先もガーネットがダンジョンに慣れることはないだろう。

可哀想だが、割り切ってもらうしかない。俺は彼女に声を掛けるとダンジョンへと入っていった。

「ううう……。まだ、モンスターは現れないのですか？」

緊張しながら剣を握っている。

俺の持つ剣よりやや短めの、ガーネットの背丈を考慮して作られたミスリルのショートソードはカタカタと音を立て揺れていた。

「まだ潜って数分だ、入り口付近は他の冒険者も通るからモンスターはあまりいないぞ」

壁が光っているが周囲は薄暗い。この暗さこそがガーネットが怯えている原因だ。

見落としてしまい、岩陰からゴブリンに襲われるのではないかとビクビクしている。

自分が初めてダンジョンに潜った時はどうだっただろう？

この明かりを頼りなく感じ、岩の陰からモンスターが襲い掛かってくるのではないかと怯えていなかっただろうか？

俺は毎日ゴブリンを殺していたので、モンスターの命を絶つことに慣れていたが、ガーネットはまだモンスターを殺したことがない。ましてや初ダンジョンだ。緊張して当たり前だろう。

「一つ、朗報がある」

「な、なんでしょうか、ティム先輩」

「このダンジョン一層に湧くモンスターは、俺たちの街のダンジョンと違ってゴブリンではない」

後輩の心のケアは先輩の仕事だろう。俺は昨晩得たダンジョンの情報を伝えてやる。

「そ、そうですか……。私どうにもあのギラついた目が怖くて……」

ガーネットの言うことも良くわかる。

ゴブリンやオークと言ったモンスターは繁殖のために女性を攫って犯すことがある。

毎年、村や規模の小さな集落では被害が出ている。

俺たちは冒険者になる際、そういった現実について嫌になるくらい教え込まれているので、たかがゴブリンだからと言って侮る人間は少ない。

特に女性冒険者は講義を受けた後、ゴブリンを完全に忌避するようになり、冒険の際も自分の身体を守るため、職業問わず護身用ナイフくらいは懐に忍ばせるようになる。

「まあ……。確かにあの講義は凄惨な内容だったが、そのお蔭で、冒険者でゴブリンの被害にあう人間はほとんどいないんだぞ」

昔は「ゴブリンなんて余裕」と言ってろくな準備もせずに森に入り、戻らない冒険者が多かったらしく、若者の犠牲を減らそう！　と冒険者ギルドが設けたのが、研修期間なのだ。

受ける義務はないのだが、十五歳で冒険者になった人間の大半は研修を受けている。

その甲斐もあってか、冒険における基本知識も身に付き、冒険者になりたてで死ぬ人間は減った。俺がそんな話をガーネットにすると……。

「えっと、そうなのですか……？　ゴブリンが女性を襲う……なんて……あわわわわ」

先程までより恐怖が増幅している。俺はさらに怯えるガーネットに、

「いや、待て。ちゃんと習っただろ？」

たとえどれだけ講義を適当に流していても、あれだけは忘れるわけがない。俺は彼女に確認をするのだが……。

「私は元々家庭教師の下でスキルを取得しておりましたので、王都からヴィアに到着したころには、その研修期間が終わっていたので講義を受けていないのです」

どうりで俺の説明を聞いて驚いたわけだ。

「ティム先輩？」

俺が立ち止まると、ガーネットは振り向いて首を傾げる。

「ああ、すまない。行こうか」

まずは目先のモンスター討伐だ。俺は気を取り直してガーネットにそう言うと前へ進むのだった。

「きゃああああああっ！」

ガーネットの悲鳴が上がる。

ダンジョン一層に入ってから十数分、俺たちは本日初のモンスターと遭遇していた。

「ガーネット、剣の先端を下げるな！」

「は、はいっ！　ティム先輩……で、でも……」

彼女がこうなってしまうのもわかる。

何せこのダンジョン一層に出てくるモンスターというのは……。

『ホーンラビット』

額に一本の角を生やした白いうさぎだったからだ。

「か、可愛いです……」

彼女が先程悲鳴を上げたのは恐怖からではない。

目の前で鼻を動かし、くりくりとした赤い瞳をした、柔らかそうな白い毛を生やしたうさぎ。

その愛らしい姿に魅了されていたのだ。

「こんな見た目をしているがモンスターだ。額についている角はかなり硬いし、鋭い。木で作った盾や革鎧なんかは余裕で貫ける。見た目に騙されて亡くなった冒険者もいるんだぞ」

可愛らしい見た目だがひと撫でしようとして近付くと、想像もつかない力強さで飛びかかってこられてそのまま角で刺されてしまう。

「ううう、ティム先輩。本当に殺さなければいけないのでしょうか？」

ガーネットもホーンラビットの見た目のせいで攻撃し辛いようだ。これならゴブリンの方がまだ良かったかもしれない。

「遊びに来ているんじゃないんだぞ？」

そう考えた俺だが、ガーネットを叱責する。この程度で音を上げるようではこの先やっていくことが不可能だからだ。

俺がそう言うと、彼女は真剣な目をしてホーンラビットに向き直った。

「い、行きます……」

ガーネットの身体を黄色い光が包む。あれは『剣聖』が取得できる『オーラ』というスキルだ。

このスキルは使用することで自身の身体能力を爆発的に高めてくれる。僧侶が覚える『アップ系』を自力で、それ以上の効果で自身に与えることができる、まさに破格のスキルなのだ。

「ご、ごめんなさいっ！」

ガーネットはホーンラビットに謝りながら突進し、剣を突き出す。

『ラビッ!?』

次の瞬間、ガーネットの剣がホーンラビットを突き刺した。

「手に、嫌な感触が……。ごめんなさい、本当にごめんなさい」

いまだ剣に刺さったままのホーンラビットに謝るガーネット。

「倒したらすぐに死体を下ろすんだ。次のモンスターが来たらどうする」

俺は彼女に指示を出す。

「はい!」

ガーネットは返事をすると、自分が殺したホーンラビットに触ると、死体を地面に置いた。

「あっ、ティム先輩。レアアイテムが出ました!?」

地面に置いて少し経つと、ホーンラビットがダンジョンに吸い込まれ、代わりに小さなレアアイテムがその場に残った。

「初討伐で初レアアイテムとは運がいい。きっと、頑張ったガーネットへの御褒美だな」

「本当ですか? えへへへへ、嬉しいです」

喜びながらレアアイテムを回収しに行くガーネット。

なんにせよ、ホーンラビットを殺した罪悪感から意識がそれたのなら良いことだ。

「ティム先輩。見てください『銀の指輪』です」

ガーネットが嬉しそうに報告しながら、ホーンラビットがドロップしたアイテムを見せてくる。

「良かったな、それは冒険者ギルドで売れば銀貨二枚くらいになるはずだ」

低ランクモンスターが落とすだけあってあまり形が良くないので、溶かして細工物などに使われるのだが、同等の重さの銀貨と交換してもらえる。

「いえ、これは初討伐の記念にとっておくつもりです」

冒険者がゲン担ぎに、初めて討伐したモンスターから得たアイテムをお守りにするというのがある。

俺自身はそういったこだわりがないので、普通に売ってしまったが、女性冒険者はわりとそう言う部分にこだわったりすることが多い。

「それにしても……」

俺はアゴに手を当てて考える。

今のドロップアイテムは偶然なのだろうか？

現在、ガーネットは俺とパーティーを組んでいるので、彼女が倒したモンスターにも『アイテムドロップ率増加』が適用されている可能性がある。

「どうされたのですか、ティム先輩。難しい顔をされていますけど？」

「いや、ちょっと重大な問題があってな……」

俺は彼女に待つように言うと考え事を再開する。

俺が気になっているのは、先程のドロップアイテムはどちらかという点についてだ。

ガーネットが神に愛された幸運の持ち主ということでレアアイテムを出したのか？　それとも俺のスキルが彼女にも影響を及ぼしているのか？

これはちゃんと調べてみなければならないだろう。

「ガーネット」

「はい、ティム先輩」

俺が呼ぶと、彼女はすぐに返事をした。

「とりあえず、今の感じで百匹くらい狩ってみようか？」

「ええっ～～～!?」

そんな彼女に、俺は大量のモンスター討伐を言い渡した。


「はぁはぁ……。流石にもう疲れました」

「よしよし。よく頑張ったな、ガーネット」

あれから、狩りを終えた俺たちは宿へと戻ってきた。

椅子に腰掛けたガーネットは、両腕をだらりと下げ、ぐったりとしている。

今日一日剣を振り回していたので、もはや腕が上がらず、限界がきていたようだ。

「……ティム先輩こそ、ありがとうございます」

「ん？」

俺が彼女を労うと、ガーネットは顔を上げてお礼を言ってきた。

「私に冒険者の厳しさを教えるために、ひたすら戦わせたのですよね？　お蔭で余計なことを考える余裕がなくなって、ホーンラビットさんを見かけたら、勝手に身体が動いて倒しに行けるようになりました」

確かに、最初は謝りながらホーンラビットを倒していたガーネットだが、最後の方になると、俺が指示する前に斬りかかっていた。彼女は尊敬の眼差しで俺を見ている。

「……ティム先輩?」

ガーネットが首を傾げて「違うのですか?」と目で訴えかけてくる。

「ああ、ソロでダンジョンに潜った場合、いつ休憩できるかわからないからな。動きはまだまだ無駄が多いが、それでも初日にしてはよく頑張った方だと思うぞ」

実際は色々と検証するのに熱中して、ガーネットに指示を出しまくったのだが、今はそういうことにしておこう。

その言葉を聞いた彼女は可愛らしく微笑んで見せると、

「それでは、私はお風呂に入ってきますね」

椅子から立ち上がり、階段を上がって自分の部屋へと戻って行く。防具を外し、着替えを取ってから宿の大浴場に行くのだろう。

今日一日中狩りをして汗を掻いているので、一刻も早く汚れを落としたいに違いない。

俺は彼女を見送ると、本日の成果を確認していた。

ガーネットが討伐したホーンラビットの数は百一匹。落とした魔石の数は四十二個。出現したレアアイテムの数が九個だ。

「どう考えても、俺のスキルの影響が出ている」

ガーネットはこれが初ダンジョンと言うこともあって、特にドロップアイテムの数を気にした様子はなかったが、普通に考えるとこれは異常なのだ。

そういえば、もう一つ異常なことがあった。俺が一日で百匹以上のモンスターを倒せるようになるまで何週間も掛かったのだが、ガーネットは初日からあっさりクリアしてみせた。

「剣聖……いや、ガーネットが凄いんだな」

可愛らしい見た目に対し、強い意志を持つ彼女に、俺は尊敬の念を抱いた。


――ゴトンッゴトンッ――


「スースースー」

ガーネットの寝息が耳元で聞こえる。

馬車の中には身なりの良い老夫婦や、高そうな装飾品を身に着けた商人、結婚したばかりだと言っていた男女などがいる。

補給を済ませ次の街へ向かっている最中なのだが、周囲からの視線はなぜか俺の方へと向いており、誰もが優しい目をしていた。その理由は……。

「ううん……むにゃむにゃ」

隣で眠っているガーネットのせいだ。彼女は俺にもたれ掛かると熟睡をしていた。

俺の腕に抱き着き、引きはがそうとしても離れようとしない。本当に寝ているのか疑うが、どう見ても狸寝入りには見えない。

お蔭で左腕は、彼女の抱き枕となっており、俺の肘は、彼女の柔らかくも温かい何かに埋まっており、俺は瞑想をすることで、その感触を意識の外に追いやろうとしていた。

「ううーん、ティムせんぱぁい」

耳元で甘い声で囁かれる。どんな夢を見ているのかはわからないが、幸せそうに笑って何よりだ。

今のガーネットの寝言で、瞑想を打ち破られた俺は、ことさら彼女の身体の柔らかさを意識させられてしまった。

「……次のダンジョン探索は、もう少し軽めにしておくか」

結局、俺は彼女が目覚めるまで、身動き一つとることなく、窓の外を眺めていた。

「それじゃあ、またどこかで会ったらよろしく頼むよ」

そう言うと手を振って馬車で同乗していた人たちが歩き去っていった。

馬車を降りた俺たちは、他の客共々出口へと案内される。

「楽しい旅でしたね、ティム先輩」

隣ではガーネットが笑っている。途中の街で、何度もダンジョンに潜ったのだが、流石に慣れてきたのか、スムーズに動けるようになり、レベルも少し上がった。

移動中は良く寝て、料理を食べ、ダンジョンで狩りをする。

確かに充実した旅だったと言っても良いだろう。

「あまりにも楽しかったので、名残惜しいです」

そう言って、残念そうな顔をするガーネットに、

「帰りもまた、ここの馬車を利用すればいいさ」

彼女が冒険者を続けることができるようになれば、帰りにも利用することになる。

「……そうですね、是非そういたしましょう」

俺がそう言うと、彼女は笑い、返事をするのだった。


「ここが……王都か？」

外に出ると、様々なものが一斉に視界に映り込んだ。

客引き声から、金属を打ち付ける音。誰かに呼び掛ける声に、何かよくわからない魔導具が動く音など。

とにかく、一目ですべてを把握することが不可能な程に様々な物が溢れていた。

食べ物の匂いも凄い。甘い匂いや辛い匂い、中には臭いと感じる食べ物もあるのだが、その店の客は美味しそうに臭い食べ物を口にしていた。

見る物すべてが新鮮で、どれもこれもが気になる。俺は王都へときた実感が湧き、身体がそ

わそわした。

「もう、ティム先輩。そんなにキョロキョロしていると、お金を盗まれてしまいますよ？」

「ああ、そうだな……」

ガーネットが口元に手をやりクスリと笑う。

彼女は元々王都に住んでいたので、このような人の多さにも慣れているのだろう。

「しかし、こんな混み方。うちの街じゃ祭りの時くらいしか目にしないぞ」

祭りの時でもここまでではなかったかもしれない。

「王都ではこの光景が普通ですから。祭りともなると国中から観光客が押し寄せてきますので、もっと賑やかになりますよ」

「これ以上に人が増えるのか……」

ガーネットの言葉に驚きを覚えると、俺はしばらくの間この光景を見ていた。


目の前には格子で仕切られた高い壁が存在している。

ガーネットの生家で、王都でも屈指の名門、パセラ伯爵家の屋敷である。

隣を見ると、ガーネットが普段の冒険者装備と違った、貴族令嬢が着ているようなドレスを身に着けている。

実家に帰るということでおめかしをしているのだ。

「どうして、俺までこんな格好をさせられるんだか……」

彼女は自分の服だけではなく、俺にまでちゃんとした格好を求めてきた。

お蔭で今日の俺は、これまで着たことがないような礼装を身に着けている。

「すー、はぁー……うぅ。緊張します」

肝心のガーネットは顔色があまりよくない。

「どうして、ガーネットが緊張しているんだよ？」

実家に帰って両親に会うだけだろう。俺よりも硬くなる意味がわからない。

「で、では、ティム先輩。今日はよろしくお願いいたします」

そう言って彼女は俺の手を取ると、守衛の下へと歩き始めた。


それから、何の問題もなく屋敷に通された俺たちは、豪華な部屋へと案内された。

一目で高価とわかる調度品に絵画、家具などが置かれている。

このような場所に縁がない俺は、部屋中を興味深く見ているのだが、ガーネットは膝に視線を落とし固まったままだった。


――コンコンコン――

ノックの音がして二人の人物が入ってくる。

一人は白髭をたくわえた中年の男性で、もう一人はドレスに身を包んだ女性だ。

中年男性の方がウイング＝パセラ伯爵で、女性の方がエミリア伯爵夫人だろう。

エミリア伯爵夫人はガーネットを大人にしたような感じで、彼女が育てばこのような美人になるのだろうかと感想を抱いた。

二人が向かいの席に座り、早速口を開く。

「そいつが、お前をたぶらかした冒険者か？」

ウイング氏はそう言うと俺を睨み付けた。

「た、たぶらかしたなんて言い方は止めてください、御父様！　ティム先輩に失礼です！」

立ち上がると、ガーネットは大声を出した。

「俺のことはいいから、落ち着くんだ」

「はい、ティム先輩」

しゅんとするとソファーに座る。

「申し遅れました、私が彼女とパーティーを組んでいるティム。Dランク冒険者です」

「知っている。何でも数ヶ月前まではスキルを持たないFランクで『覚醒者』になってからは将来有望らしいな？」

娘の周りにいる冒険者は調査済みなのだろう。

「ティムさんとおっしゃいましたね？　これまで、娘の面倒を見ていただき、ありがとうございます」

「……いえ」

エミリア伯爵夫人が丁寧な言葉を口にして頭を下げる。

「ですが、あなたのような才能ある冒険者とは違い、娘は落ちこぼれです。どうかこれ以上、娘に無理をさせないでください」

「才能……ですか？」

俺は自分に才能があると思って冒険者をやっていたわけではない。『覚醒者』になれたのも運が良かっただけだ。

「御言葉を返すようですが、彼女には才能があります」

王都に到着するまでの間、俺は彼女を見てきた。

剣聖という職業に就いているからそう判断したのではない。俺の指示に対し弱音を吐かず、ひたむきに努力する。お蔭でこの短期間で随分と強くなった。

「才能がある人間が、たった一ヶ月でパーティーを追い出されるわけないでしょう？」

「そっ、それはっ！　パーティーの男性に言い寄られたからですっ！」

ガーネットが反論する。

「所詮は冒険者、礼儀を知らぬ者しかおらんではないか。そのようないざこざがあるからこそ、俺もエミリアもお前を冒険者にしておくのに反対している。なぜ、それがわからない？」

「うっ……」

自分がパーティーを追放された原因を引き合いに出したせいで、ガーネットは反論できなくなってしまった。

「娘を危険な場所に置きたくない。そう考えるのがそんなに悪いことでしょうか？」

エミリアさんは静かな声で俺に問い掛けてきた。

「ティム先輩」

ガーネットが目で訴えかけてくる。

「確かに、御二人のおっしゃることは正しいと思います。冒険者なんて危険な仕事、無理してやるものではない」

「なんだ、わかっているではないか」

ウイング氏が笑みを浮かべた。

「ですが、彼女は自分の意志で冒険者になり、その仕事を通して多くの物を得ました」

採取品を収めて依頼人に喜んでもらったり、ダンジョンでモンスターを討伐してレアアイテムを手に入れたり、冒険で一喜一憂していた彼女を知っている。

「彼女は立派な冒険者だ。過保護なのは結構ですが、もっと彼女の意志を尊重してあげて欲しいです」

俺が言い終えると、二人は黙り込む。ガーネットは真剣な表情で二人を見ていた。

「よかろう」

十分程経っただろうか？　ウイング氏が口を開いた。

「貴様がそこまで言うのなら、娘が冒険者としてやっていけるかどうか試験をしてやる」

「あなたっ!?」

「御父様、本当ですか!?」

母娘が同時に声を発する。

ウイング氏は懐から小箱を取り出すと、箱を開けテーブルの上へと置いた。

「これは……？」

ガーネットが質問をする。

「これは『虹の涙』という宝石だ。二人にはダンジョンに潜り、このアイテムを手に入れてきてもらおう」

虹色に輝く涙型の石が二つある。

「えっ？　それだけで、よいのですか？」

「ああ、ただし、この試験はガーネットが冒険者としてやっていけるかどうか試すためのもの。お前たちだけの力でやり遂げてもらう」

「やりますっ！　必ずこの『虹の涙』を手に入れて、私がちゃんと冒険者としてやっていけることを御二人に証明してみせます」

「良かろう、期限は一週間。それまでにこの『虹の涙』を持ってくれば、冒険者を続けることを認めようではないか」

「ティム先輩！」

ガーネットが振り返る。

「わかりました。ガーネットと二人で、必ずこのアイテムを手に入れて見せます」

こうして、俺とガーネットはウイング氏の出す試験を受けることになった。

六章

「早速ですが、どうしましょうか？」

翌日、俺とガーネットは冒険者ギルドを訪れると、近くのテーブル席に向かい合って座り、作戦会議をしていた。

「まず必要なのは情報だ。闇雲にダンジョンで狩りをすればいいわけじゃないからな」

何せ、これまで通ってきた街とは違い、この王都には全部で七つのダンジョンが存在している。

それぞれ『物質系』『植物系』『獣系』『水棲系』『竜種系』『悪魔系』『精霊回廊』となっており、そのうち三つ『竜種系』『悪魔系』『精霊回廊』は高難度ダンジョンで有名だ。

強力なモンスターが低層から出現するので、駆け出しの冒険者は間違っても入ってはいけない。

「とりあえず、その『虹の涙』について知っている人を探すべきだな」

「そうですね、ちょうど実物もあるわけですし……」

俺はガーネットの左耳を見る。そこには『虹の涙』が付けられていた。

「実物があるのはいいですけど、これを外したり失くしたりしたら失格と言われているので、怖いですね」

ガーネットに良く似合っているのだが、激しく動き回る戦闘には不向きな装備だ。

「ひとまず、情報を集めてみるか」

時間は有限だ、俺たちは周囲への聞き込みを開始した。

「うーん、あまりはっきりした情報がなかったな」

聞き込みを開始してから一時間程が経過した。王都の冒険者に顔が利かないためか、高ランク冒険者の判断がつかないせいか、質問をしても知っていると答える冒険者はいなかった。

今回の試験は、ウイング氏にしてみれば、ガーネットに冒険者を諦めさせる絶好の機会。ちょっと調べれば情報が手に入るようなアイテムを課題にするわけがない。

モンスターの強さもさることながら、狩場の情報を得るだけでも難儀しそうだ。

「お待たせしました、ティム先輩」

そう考えている間に、ガーネットが戻ってきた。彼女は俺の向かいに座る。

「こっちは全然駄目だったよ」

俺は自分の成果について彼女に告げる。

「そうですか、残念です。私の方は手掛かりを見つけたかもしれません」

「何だって？」

　ガーネットは自信満々の様子で、得た情報を俺に披露した。

「この『虹の涙』ですけど、物質系ダンジョンに湧く『ジュエルゴーレム』が落とすドロップアイテムだと冒険者さんが言ってました」

「物質系ダンジョンか……なるほど」

　各ダンジョンには通常湧くモンスターとは別に、まれにしか遭遇することができないレアモンスターが存在している。

　物質系ダンジョンの『ジュエルゴーレム』は、まさにそのうちの一種類で、滅多に見ないモンスターからのドロップとなると、入手した人間が情報を秘匿することもあるので出回らないわけだ。

「私としては、この情報、結構あてになると思っているんですけど」

　今の話は、その冒険者が本当のことを言っていた場合に限る。嘘とまでは言わないが、勘違いだったりすることもあるので、あまりあてにしすぎない方が良い。

「他に情報もないんだ。ひとまず、今日は物質系ダンジョンに行くとするか」

　手掛かりの一つであることは間違いない。俺たちは、席から立つとダンジョンへと向かった。

「他にモンスターが湧いたら俺が相手をする。この一匹に専念していいから慎重に戦うんだぞ」

「はいっ！ ティム先輩っ！」

ガーネットは返事をすると真剣な顔で目の前のアイアンゴーレムへと向き合った。

「えいっ！」

アイアンゴーレムが右腕を伸ばしてくるのを見ながら身体を右側に動かし、右に回り込むと剣を振るう。

――ガンッ――

「か、硬いです……」

衝撃で手がしびれたのか、ガーネットは手を開閉して感覚を取り戻そうとしていた。

「駄目そうなら俺が倒す、無理するな」

元々、物質系ダンジョンに湧くモンスターは物理攻撃に耐性がある。ましてや四層ともなればそれなりに強いモンスターが湧くのだ。

ガーネットとは相性が悪いので、魔法で倒そうと考えた。

「大丈夫です！」

ガーネットはアイアンゴーレムに向き直ると睨み付けた。

「この程度の相手で、ティム先輩の力を借りていては、私はいつまでたっても一人前になれません！　御父様と御母様に認めてもらうならこれくらい倒せなきゃ駄目なんですっ！」

アイアンゴーレムの攻撃を必死に避けている。徐々に攻撃パターンを覚え、身体に刻み込む。

回避に関しては問題ないが、現状の武器と彼女の『筋力』では攻撃力が足りない。

「こうなったら……『オーラ』です」

彼女の身体が黄色い光に包まれる。

このスキルで『筋力』『敏捷度』『体力』を爆発的に上昇させることができる。

「うん。軽くなりました」

ガーネットはそう言うと攻撃を避け、これまで以上の速度でアイアンゴーレムに接近し、

――ガガンッ――

先程よりも大きな音を立ててアイアンゴーレムを攻撃した。

「もう一撃、です！」

今の一撃でアイアンゴーレムの右腕が曲がり、動きが鈍くなった。彼女は敏捷度が高く、立ち回りのセンスもあるので時間が経つ程、相手の攻撃を受けなくなる。

余裕をもって、アイアンゴーレムの拳をすべてぎりぎりで躱して、攻撃を当て続ける。

「これで、お終いです」

最後に大きく振りかぶって、剣を叩きつけると、アイアンゴーレムは崩れ落ちた。

「どうでしたか、ティム先輩？」

振り返った彼女が、今の戦闘の評価を聞いてくる。

「ああ、アイアンゴーレムを武器一つで討伐したのは上出来だ。スキルも上手く使ったな」

「ありがとうございます」

立ち回りを褒めると彼女は嬉しそうに笑った。

「とりあえず、ガーネット一人でも十分倒せるようだし、もう少し慣れたらジュエルゴーレムとやらを探し始めるか」

俺たちが目標にしている『虹の涙』はレアモンスターが出すレアドロップだ。遭遇するまでに多くのアイアンゴーレムの相手をすることになるだろう。

俺とガーネットは気合を入れ直すと、先を進んだ。


「はぁはぁ……」

目の前では腕をだらりと下げたガーネットが息を切らせている。

「今日のところはこのくらいにしておくか？」

「も、申し訳ありません」

懐中時計をパチンと閉じる。まだ夕方だが、ガーネットが疲れているので、これ以上無理をさせるべきではないだろう。

「構わないさ。今日だけでアイアンゴーレムを百匹も倒しているんだからな」

俺は魔法を使っていたが、ガーネットは武器を振り回し前線を支え続けたのだ、肉体的な疲労は勿論、精神的疲労も大きいに決まっている。

「戻ったらゆっくり休んで明日に備えよう。今日一日で結構レベルも上がったから、ステータスとスキルレベルを上げれば明日からもっと楽になるはずだ」

そうなれば、彼女一人でも倒せる数は増えるだろう。

「でも、今日一度も、ジュエルゴーレムに遭えなかったんですよっ！」

ガーネットは不安そうな顔で訴える。彼女が冒険者を続ける条件が『虹の涙』の入手なので、どれだけ狩りで成果を上げようと意味がない。

「まだ初日だし、慌てる必要はない。逆に焦りからミスをしてガーネットが怪我をしたら、それこそ本末転倒だろ？　無理をしないことが冒険者を長く続けるコツだ。今は休もう」

そう言って、笑いかける。俺が余裕を見せれば彼女も少しは安心すると思ったからだ。

「そうですね。ティム先輩の言うことに従います」

内心の焦りは表情に出ているが、納得してくれたようだ。

「とりあえず、これだけ討伐して魔石もドロップアイテムも一杯出たんだ、ギルドで換金したら美味いものをたらふく食おうぜ」

「美味しいもの……」

彼女のお腹が「ぐぅー」と鳴る。

「は、早く行きましょうっ！」

誤魔化そうとするガーネット。彼女は俺の手を引きながらダンジョンの出口へと向かうのだった。


「はっ！　やああっ！」

翌日になり、十分に休めたのか身体のキレも戻っており、ガーネットは物質系ダンジョン四層のモンスターを相手に優位に立ち回っていた。

「ガーネット、そろそろ支援魔法が切れるから、そいつを一気に倒してくれ！」

「はいっ！」

今日から、俺は支援に徹している。彼女の『オーラ』に加えて、俺の支援魔法『スピードアップ』『スタミナアップ』を重ねている。

普通なら急激なステータス上昇に振り回されそうなものなのだが「えっ？　上がった分を頭に入れながら動くだけなので、別に難しいことでもないのでは？」と言うので試してみた。

「これでおしまいですっ！」

事実、彼女は力を完全に制御して、四層のモンスターを討伐している。

「どうですかっ！」

嬉しそうに駆け寄ってきて笑顔を見せる。

「どうもこうも、凄すぎる。『オーラ』のレベルを最大にして、支援魔法まで掛けているのに、急な身体能力上昇に振り回されないとは……。これならこのまま狩りをしても大丈夫だろう」

剣聖という特殊職業を得ている時点で才能があるのだろうが、前衛で戦うようになってからの彼女の成長ぶりには舌を巻く。

俺が『覚醒者』になってから、ダンジョンの四層で狩りをできるようになるまで、どれだけ時間がかかったことか……。

「ティム先輩？」

いつの間にか近付いてきて、無垢な瞳を向けてくる。とてもではないが、今しがたアイアンゴーレムを破壊したとは思えない。この見た目に騙されてはいけないだろう。

「何か、妙なこと考えてません？」

勘が良い、頬を膨らませて子どものような態度をとる。

「別に考えてない。この調子でどんどん狩るぞ」

俺は誤魔化すと、彼女を先へと促した。

「ティム先輩!?」

「ああ」

ガーネットが振り向き、声を掛けてくる。俺は短く頷くと、緊張して前を見た。

高さ二メートル程で、様々な鉱石で全身を覆うゴーレムを発見する。下半身はコマのように丸くなっており、回転することで移動を可能にしているようだ。実際に見たことはないが、あれがジュエルゴーレムだろう。

お互いに頷くと、慎重に行動する。ユニークモンスターはその層に湧く普通のモンスターとは比べ物にならない強さを発揮するからだ。

ガーネットが『オーラ』を使い、俺が支援魔法を掛けていく。

お互いの準備ができると、彼女は無音で飛び出した。


――ガキンッ!!――


「か、硬いですっ!?」

身体能力が跳ね上がっているガーネットの一撃が弾かれた。彼女は即座にジュエルゴーレムの情報を俺と共有する。

「そのまま、抑えてくれっ!」

あの速度で振るった剣を受けてダメージがないなら、ジュエルゴーレムを武器で倒すのは難しい。

俺は『魔力集中』を使って威力を増幅すると、

「ガーネット、避けろ！『ロックバースト』」

「はいっ！」

彼女はジュエルゴーレムの腕を斬りつけ注意を引き付けると、壁際を走って俺の傍まで戻ってきた。

俺が放った魔法の岩がジュエルゴーレムに直撃して爆発する。

――ドッゴオオオオオオオオオオオオオンッ!!――

「やりましたかっ？」

爆風が届き、風をはらう。煙が晴れてくると……。

「あれで、倒せないのか？」

かなり威力を上げた魔法だったのだが、ジュエルゴーレムは、半身が吹き飛びながらも動いていた。

「オオオオオオオオオオオオオオッ！」

ジュエルゴーレムが腕を顔の前で組む。下半身が回転を始め、徐々に俺たちへと近付いてきた。

「させませんっ！」

ガーネットが飛び出し、進行を食い止めようとするのだが……。

「きゃあああああっ！」

「危ないっ！」

強固な身体に加えて回転までしているので弾き飛ばされてしまった。

吹き飛んできたガーネットを受け止めてやる。

「あ、ありがとうございます。ティム先輩」

彼女は顔を向けると御礼を言う。

「『アイスウォール』」

分厚い氷の壁を発生させ進行を食い止める。

「どうするんですか、あれ？　これでは『虹の涙』どころじゃないですよ！」

敵の思わぬ強さに、俺たちは苦戦を強いられている。

マロンから教わった壁の強度を維持する方法を用いているので、これ以上攻撃を受けることはないが、あの攻撃は厄介だ。

「どうにか、倒す方法はないのか？」

現状維持では倒すことができない、俺がぽつりと漏らすと、

「そういえばっ！」

「どうした？」

「御母様から聞いたことがありますっ！　宝石は熱に弱いとっ！」

ジュエルゴーレムの硬さの秘密は身体中にある宝石だ。だとすれば、今ガーネットが口にした攻略法は使えるかもしれない。

「威力を増幅した『ファイアバースト』なら倒せるかもしれない。だが、あれは準備するのに時間が掛かる。この壁を維持しながら魔法を用意することはできない」

今だって、魔力を注ぎ込んで硬度を維持しているのだ。ここで手を抜けば氷の壁は粉々に粉砕されるだろう。

「ティム先輩、魔法を解いてください！」

「今のあいつは危険だ！」

あの硬度を生かした攻撃はガーネットと言えど、耐えられるものではない。

「私はティム先輩を信じてます！　あなたの魔法なら、あのジュエルゴーレムを確実に倒せると。それまでの時間は私が稼ぎます！　ティム先輩は私を信じてくれないのですか？」

その言葉にハッとさせられる、彼女の瞳には確かな意思が宿っていた。ガーネットが俺を信じてくれているように、俺も彼女を信じなければならない。

「まったく、いつの間にそんな頼もしい顔をするようになったんだ？」

俺は笑みを浮かべると、

「任せたっ！」

次の瞬間、氷の壁が砕け散る。

「ティム先輩は私が守りますっ！」

それと同時にガーネットは飛び出すと、岩を掴みジュエルゴーレムの盾に使う。

「さらに『オーラ』ですっ！」

次の瞬間、岩が黄色く輝いた。どうやら、岩を自分の身体の延長に見立ててスキルを使ったらしい。

「これで……保たせられます」

苦悶の表情を浮かべているガーネット。自分の身体よりもかなり大きな岩に『オーラ』を纏わせるというのは想像以上に体力を消耗するのだろう。

彼女が作ってくれた時間を無駄にはできない。俺は、ふたたび『魔力集中』をすると、

「行くぞっ！　ガーネット！『ファイアバースト』」

ガーネットが奥へと退避したのを確認すると、魔法をぶっ放した。

「けほっ、けほっ！」

ダンジョンの奥へと逃げたガーネットが戻ってくる。

「思っていたよりも威力が高かったです」

目に涙を滲ませて近付く彼女は汚れており、頭には砂ボコリが積もっていた。俺は手でそれを払ってやると、彼女に話し掛けた。

「すまなかったな、どうしても威力を加減できなくて」

だが、その分最初の『ロックバースト』よりも威力が高かった。これなら……。

「たおし……ました？」

煙が落ち着き現れたのは黒い炭になったジュエルゴーレムの死骸だった。

「見てください、何か残ってますよ！」

しばらくして、死骸がダンジョンに吸い込まれると、そこにはドロップアイテムが落ちていた。

「『虹の涙』でしょうか」

ガーネットが駆けつけて拾い上げるのだが、

「違いました……」

あれだけ苦労して討伐したのに、別なアイテムだったので落ち込んでいる。

「仕方ないさ、逆にこのダンジョンに日数を費やさずに済んだと思おう」

俺の『アイテムドロップ率増加』のスキルを『指定スキル効果倍』にしているとはいえ、そう簡単にレアアイテムは落ちない。

期日が残っているうちに間違いだと知れたのは大きい。

「それに、さっきのガーネットは頼もしかった。あれなら、どこのダンジョンだろうと戦えるはずだ。この先も、魔法を唱えている間は任せたからな」

彼女に前衛を任せっきりにできると知れたのは良かった。

「はい、お任せください！」

そう言うと、彼女は気を取り直したように返事をするのだった。


パセラ伯爵家に戻ると、彼女は風呂に身を清めに、俺も別の浴室へと向かう。

ウイング氏は試験の間、俺に滞在するように促していた。

身体を洗い、湯船に浸かって一日の疲れを癒す。ジュエルゴーレムがかなりの強さを持っていたので、疲労していた。

風呂から上がり、あてがわれた部屋にいると、ノックの音が聞こえた。

「どうぞ」

入ってきたのはガーネット。彼女はダンジョンに潜る姿ではなく、薄手の寝間着姿だった。

「どうした？」

俺は彼女に問い掛ける。

「今日の私はあまり良いところがなかったので、反省と、明日以降の立ち回りとステータス操作を行っていただければと……」

そうぼそぼそと呟く。あのジュエルゴーレムを食い止めただけで大したものなのだが……。

ガーネットは「失礼しますね」と前置きをして俺のベッドに座る。

俺はその行動を見て、眉根をひそめた。

「どうされたのですか？」

彼女にそんなつもりはないのだろうが、無防備すぎる。

「いや、そうだな。今のうちにステータスを振っておこう」

完全に意識してしまっているが、ウイング氏とエミリアさんも含め三人の信用を裏切ることはできない。

とっとと用件を済ませようと、ステータス画面を開いた。

「流石に、ここからはレベルも上がり辛くなってきているな」

「そうなのですか？」

「元々、剣聖というのはレベルが上がり辛い職業のようでな、あまり比較にはならないが、俺が戦士のレベルを上げた時はもっとあっさり上がっていた」

その分能力の上昇幅が大きいので、悪いことばかりでもないのだが……。

「それでも、さっきのジュエルゴーレムを倒したお蔭で一つ上がっている『筋力』に振っておくぞ」

「はい、お願いします」

俺は、彼女の意志通りにステータスを振った。

「ん、どうかしたのか？」

「いえ、私もティム先輩みたいに『見習い冒険者』や『魔道士』などの職業も選べればもっと強くなれたのにな、と」

「多分それが俺の『覚醒者』としてのアドバンテージだからな、普通の人間はあらかじめ職業が決まっているんじゃないかな？」

これまでステータスを見てきた相手は例外なく一つの職業しかなかった。スキル自体は習えば使えるようになるのだが、これればかりはどうしようもない。

「強くなりたいです。ティム先輩を守れるくらい、御父様と御母様に認めてもらえるくらいに」

ガーネットはそう言うと、身体を寄せてくる。思いもよらぬ行動に心臓が高鳴り、しばらく時がすぎると……。

――コンコンコン――

「テ、ティム君、少し酒にでも付き合わないか？」

慌てた声を出したウイング氏がドアをノックする。その声を聞いてガーネットが慌てて俺から離れた。

「さっきもらったグラスを、早速使ってみるつもりなんだ。一緒にどうだ？」

ドア越しにウイング氏が早口でまくし立てる。

先程、ジュエルゴーレムを討伐した際、『虹のワイングラス』というアイテムをドロップしたので、ウイング氏に渡しておいたのだ。

「わかりました、御付き合いさせていただきます」

俺はそう返事をすると、ドアへと向かう。

後ろでは、ガーネットが口をすぼめて、不満そうな表情で付いてきた。


ダンジョンに入るようになって、四日が経過した。

俺とガーネットは、他のダンジョンを回り、ユニークモンスターを討伐してはドロップアイテムを確認する。

だが、闇雲に狩っても『虹の涙』をドロップすることができず、今日も徒労となりダンジョンを引き上げた。

「もう期限もないのに、どうして発見できないんですかっ！」

冒険者ギルドでガーネットが叫ぶ。

普段人前でそのような態度を見せないだけに、本気で余裕がないことがわかった。

彼女の左耳に輝く『虹の涙』。これを手に入れない限り、彼女は冒険者を辞めさせられてしまうのだ。

「もし、そちらの御二人、少々よろしいですかな？」

「なんですか？」

近寄ってきたのは一人の男だった。四十を超えていそうな風貌をしている。

「私はこの王都で商売をしている者でして、噂であなた方があるアイテムを探し回っているとお聞きして、こうして声を掛けさせていただいた次第です」

確かに、情報を得るために聞き込みをしている。毎日情報を得ては狩りに向かい、大量のドロップアイテムを持ち帰る。俺たちはそれなりに目立っていた。

「あの、私たちは忙しいんですけど……」

ガーネットは警戒すると、男を観察する。

「ここではなんですから、少しついてきていただけませんか？　損はさせませんので」

彼女は顔を上げると俺を見た。

「今日は狩りも終わっているし、少しくらい構わないだろう」

接触してきたのに理由があるのだろう、話くらいは聞いてみても良い。

「では、こちらへ」

男は俺たちを連れて冒険者ギルドを出た。


男に案内されて俺たちが訪れたのは、古い店だった。

薄暗い店内と、乱雑に置かれた商品。棚にはホコリが積もっており、とても商売に積極的な人間には見えない。

そんな風に、俺が分析していると、

「それで、どうして私たちに声を掛けてきたんですか？」

しびれを切らしたガーネットが男をせかした。

「いえね、あの場で話すのはまずいかと思いまして……」

そう言うと、男は引き出しを開け、中から箱を取り出した。

「これは？」

ガーネットが聞くと、男は箱を開ける。

「嘘っ！」

中に入っていたのは『虹の涙』だった。

「こいつをあなた方に買っていただけないかと思っていましてね」

ガーネットは信じられないとばかりに口を開けて『虹の涙』を見ている。

四日間、かなりのモンスターを倒してなお、手掛かりすら得られなかった物が目の前に存在しているのだ。

「いかがでしょうか?」

「勿論買いま……むぐっ!」

「その前に、一つ質問があります」

右手でガーネットの口を塞ぎ、俺は男に問いかけた。

「どうして、このタイミングで声を掛けてきたんです? 俺たちが『虹の涙』を探していることはもっと前から知っていたはずでしょう?」

「そのことでしたら、機を見計らっていたのですよ。もしすぐにお話ししたとして、資金が足りなかったのではないでしょうか?」

確かに、金を稼げたのはこの四日狩りをしまくったからだ。

「む――――っ!」

俺の懐の中でおとなしくしていたガーネットが暴れ出す。口から手をどけて解放してやった。

「どちらにせよ、これを買えば試験をクリアすることができます!」

ガーネットは俺にそう主張してきた。

「いや、試験の条件は、俺たちの手でドロップアイテムを手に入れること。これで手に入れてもクリアしたことにはならない」

「そっ、そんなの黙っていればわからないじゃないですか！」

自覚があったのか、ガーネットはそう言ってからすぐ目を逸らした。

「俺はガーネットの冒険者に対する真剣な態度が好きだ」

「な、なんですか……急にそんなこと……」

「これまで、採取依頼で依頼人に喜んでもらっただろ？　今回も同じだ。パセラ伯爵が君のためを想って試験を設定したからには、必ず意味があるに決まっている」

ウイング氏もエミリアさんもガーネットを愛してやまないのは、屋敷に滞在している間の態度でわかった。

それどころか、俺まで客人扱いしてくれている。もし、本当にガーネットに諦めさせたいのならいくらでも手を打てるはず。

俺は彼女の目をじっと見る。

「わかりました」

その言葉にホッと胸をなでおろす。

「というわけで、その『虹の涙』を買うわけにはいかないです」

「まことに、残念でございます」

俺の返事に、男はまったく残念そうな顔をせずに答えた。

「だけど、情報を売ってもらえないでしょうか？」

「情報、ですか？」

ここにきて男が困惑してみせる。

「それが本当に『虹の涙』だというのなら買い取った時にどこで手に入れたか聞いているはず。その情報を売って欲しいんです」

「どこから入手したかは聞いておりません、何せ素性が確かな高ランク冒険者様から五年も前に購入しておりまして、そのパーティーも今は解散しておりますので」

「そんな……せっかく手掛かりが得られると思ったのに」

「その人は今どこに住んでいるかわかりますか？　可能ならこれから訪ねて話を聞きたいんですが」

せっかく掴んだ手掛かりをここで手放したくない。俺は男にさらに質問をした。

「無理でしょう。何せ、彼女は今、王都から離れた街の冒険者ギルドで職員をしておりますので、当時は憧れた人間も多く、私もファンだったのですが……」

離れた街の冒険者ギルドで職員。何かが引っ掛かる。

「その人の名前は？」

次の瞬間、俺はその名前を聞いて驚いた。

目の前にあるのは遠くとの通信を行うための魔導具だ。材料には虹色に輝く精霊石が使われており、共鳴を利用して遠くに同じ音を伝えることができる。高価な物なので、よほどの金持ちか、大型施設でなければ保有しておらず、俺も見るのは初めてだった。

『おひさしぶりですね、ティムさん。王都の冒険を満喫されていますか？』

魔導具を通して声がする。『覚醒者』になってから、毎日やり取りをしていたので、数週間も間が開くと懐かしく感じる。

「ええ、王都は本当に人が多いですね、ダンジョンもたくさんあるし、美味しい店がたくさんあるので、毎日が刺激的ですよ」

ガーネットの試験がなければ、もっと色々と観て回れただろう。今回の試験をクリアしたら彼女に提案してみるのも悪くないかもしれない。そんなことを考えていると……。

『それで、わざわざギルドの通信魔導具まで使って連絡してきたということは、何か重大な用件があるんですよね？』

「ええ、実は……」

俺はウイング氏から出された試験についてサロメさんに話して聞かせる。

『あの二人は意地が悪いですね。気持ちはわからなくはないんですが……』

魔導具越しに彼女の溜息が伝わってくる。知り合いだと見当は付けていたが、どうやら思っているより深い間柄らしい。

『良いですか、ティムさん。その依頼の本当の目的は……』

俺はサロメさんから真実を教えてもらうのだった。

――パチパチッ――


薪の爆ぜる音がして目の前では串に刺した肉から脂がしたたり落ちる。

現在、俺とガーネットはとあるダンジョンでとあるユニークモンスターを狩るため、ダンジョン内の安全地帯に腰を下ろし、待機していた。

この作戦を提案したのはガーネットで、俺が持つアイテムボックスに食糧やら水やらを大量に入れておけば往復に費やす時間を節約できるのではないかと言い出したのだ。

勿論問題がないわけではない。一日の疲れを癒すことは重要だし、生活において必要なこともある。

だけど、試験をクリアするためには何でもしておきたいというガーネットが強い意志を示したので、俺はこの方法を採用することにした。


――シャアアアアア――

安全地帯の端の方にカーテンで仕切りがされ、温めたお湯を使ってガーネットがシャワーを浴びている。

たとえダンジョンに籠ったとしても、最低限の休息は取らせてやりたいと考え、俺が用意した。

しばらくして、カーテンが開き、彼女が姿を現した。

防具を外し、ラフなシャツ一枚という姿のせいか目のやり場に困る。

「シャワーありがとうございました。一日の疲れも洗い流せました」

温まったお蔭か頬が赤く染まっている。雫がぽたぽたと垂れていた。

「ああ、気にしないでくれ」

そう言いつつ、俺はステータス画面を見張っている。

「どうですか?」

「今のところ、それらしいモンスターは現れていないようだ」

俺の目の前にはダンジョンの地図が表示されている。これは、『斥候』のレベルを25まで上げた際に出現した、新しいスキル『地図表示』の効果だ。

このスキルは、自分が通ったことがある場所を自動的にマッピングしてくれるもので、取得したことで道に迷うことなくダンジョンを歩き回ることができるようになった。

「動き方からして、今日戦ったモンスターばかりだな」

地図上には赤い点がいくつもあり、動き回っている。これは敵の位置を示しているもので『斥候』のレベルが上がった時、同時に取得した『索敵』スキルの効果だ。

二つのスキルを同時に使用することで、敵と味方、それに中立の存在をそれぞれ赤・青・黄で示してくれる。

まさに、ダンジョン探索において反則級の効果を発揮するスキルだった。

このスキルを使い、この層に湧くモンスターの動きのパターンを覚えれば、無駄な戦闘を最小限にして、ユニークモンスターを狩ることができる。

ふと不安になる。ガーネットは俺を信じて言われた通りに行動してくれているが、この作戦は本当に正しいのだろうか？

かかっているのが彼女の人生だけに、外してしまった時に責任をとれるのか？

そんなことを考えていると、

「大丈夫です。私は、ティム先輩を誰よりも信じてますから」

彼女はそっと近寄ると、俺に寄り掛かってきた。

「お、おい。俺はまだシャワーを浴びてないから汗臭いぞ」

柔らかい感触がして狼狽える。俺はガーネットに離れるように言うのだが、

「平気です。ティム先輩の匂いは落ち着きますから……」

安心しきった表情で笑う彼女に、俺は返す言葉が出てこなかった。

「はぁはぁはぁ……」

ガーネットの息が荒くなり、額に触れると熱くなっている。

あれから、二日が経過して、俺たちは『虹の涙』を落とすモンスター『ジュエルエレメント』を探し『精霊回廊』に留まり続けていた。

だが、慣れないダンジョン籠りのせいなのか、試験開始の六日目にして、ガーネットの体調が急変したのだ。

「大丈夫か、ガーネット？」

俺は心配して声を掛ける。

「へい……き……です。この……程度」

彼女はぐぐっと身体を起こすと俺に答えた。苦悶の表情を浮かべ、額から汗が流れており、とても平気そうには見えない。

「お願い、します……。私、冒険者を……辞めたく……あなたと、離れたく、ないんです」

目に涙を浮かべ訴えかけてくる。確かに『虹の涙』をドロップしなければガーネットは冒険者を辞めることになる。彼女の人生が懸かっているのだから何の覚悟もなしに休めとは言えない。だが……。

「駄目だ。ここで無理をして、死んでしまったらどうする？」

ダンジョン探索には命が懸かっている。こんな状態ではモンスターに後れを取ってしまい命を失う危険性もある。

「や……です、私は……最後まで……諦めたく……ない」

そう言って縋り付くガーネットの両手を俺は握りしめた。

「後のことは俺に任せろ」

俺は以前、彼女のステータス操作をする際、責任を取ると言った。

「俺が絶対に何とかしてやる。君の未来も、幸せも、全部責任を持ってやる。だから今は俺を信じて休んでくれ！」

その言葉に、彼女は大きく目を見開き俺を見ると、

「はい……、ティム先輩を……信じています」

涙を流すと安心した表情を浮かべ、意識を失った。


「娘さんをこのような状態にしてしまい、申し訳ありません」

ガーネットを屋敷に運ぶと、俺はウイング氏とエミリアさんに頭を下げる。

「言い出したら聞かない娘のことだ。君が気に病む必要はない」

意外にも、それ程怒った様子がない。

「ええ、ティムさんはこうして娘を説得して連れ帰ってくれたんですからね」

その通りなのだが、まるで状況を知っていたかのような口ぶりだ。

「それより、後一日しかないが、戻ってきたと言うことはもう諦めたということで良いのかな？」

ウイング氏が確認をしてくる。

「いえ、最後まで諦めません。それが彼女との約束ですから」

今のままだと間に合わないかもしれない。だが、誓った以上、最後まであがくつもりだ。

「そうか、最後まで娘のためにあがくというのなら、止めはしない。頑張りたまえ」

ウイング氏は肩に手を置くと、俺にねぎらいの言葉を掛ける。

俺は、振り返りベッドに横たわるガーネットを見ると、

「それじゃあ、行ってくるよ」

そう告げると、俺はパセラ伯爵家を飛び出した。

◇

期日になり、パセラ伯爵家に戻った俺は、ウイング氏と向かい合っていた。

「それでは、今回の試験の結果について話をしようか」

その場にはウイング氏、エミリアさん、ガーネット。それと俺がいて、テーブルの上に何かが置かれている。布で隠されたそれが気になったが、彼が話し始めたので意識をそちらに戻した。

「今回の試験は『ティム君とガーネットの二人で「虹の涙」を入手してくること』だったが、最終日前にガーネットが倒れてしまったので、最早条件は満たせていないことになる」

「それはっ！　でも、御父様はふたたびダンジョンに潜るティム先輩を止めなかったじゃないですか！」

ガーネットは立ち上がると大声を上げた。どうやら元気になったようで安心する。

「そうなると、たとえ俺が『虹の涙』を入手していたとしても受け取らない。そう言うことですか？」

俺はウイング氏を見る。

「話は最後まで聞きなさい」

その言葉で、ガーネットも椅子に座る。

「そもそもの話、俺は最初から二人が『虹の涙』を入手できるとは思っていなかったのだよ」

ガーネットがふたたび立ち上がろうとするのを、手を握って止めた。

「今回の試験、ただ『虹の涙』を取ってくれば合格、という単純なものではなかったのですよ」

エミリアさんが告げた。

「では、どういう意味だったのでしょうか？」

俺は二人に尋ねる。

「俺とエミリアが娘に冒険者を続けさせたくないのは、続けることで不幸になるのが目に見えていたからだ」

「今まで屋敷で何不自由なく育っていた娘が、突然冒険者になるなどと言い出し、家を飛び出しヴィアへと赴きました。最初は幸せに暮らすならそれも良いと考えましたが、案の定、他の冒険者に言い寄られて、パーティーを追放される始末。このまま放っておけば、騙されていいように利用されると思ったのです」

確かに、出会ったばかりのころのガーネットは弱々しく、世間知らずで、自分が周囲からどう見られているのかに無頓着なところがあった。

「そんなおり、ガーネットがふたたびパーティーを組んだという話を耳にしたのです。私たちは娘を呼び戻し、今すぐその冒険者とのパーティー解消をするように命じました」

「ところが、娘は頑固でな。いくら言っても頑なにその冒険者とのパーティーを解消しようとしなかった」

「そこで考えたのが今回の試験です。その冒険者を王都に呼び、ガーネットとともに試験を受けさせる。その時に魔が差して娘に手を出すようならば失格。娘のことをちゃんと大切にしているか、娘が冒険者を続けたいがために無理して組んでいるのではないか、見極めることにしたのです」

その説明を聞いて驚く。今回の試験、試されていたのはガーネットではなく、むしろ俺の方だったようだ。

「ですが、御父様、それに御母様。御二人はどうやって私たちを試したのですか？」

試験というからには試験官が必要になる。俺とガーネットは期間のほとんどをダンジョンで過ごしていたが、誰かに付けられた覚えがない。

「冒険者ギルドで商人に『虹の涙』を買わないか、とそそのかされたでしょう？」

「どうしてそれを!?」

「その商人こそが俺が用意した試験官だったからだ」

俺とガーネットはお互いの顔を見合わせた。

「期限が迫って『虹の涙』が入手できない時点で売買を持ちかける。その時点で買うようなら失格になっていた」

「ずるいじゃないですかっ！　そのような罠を仕掛けるなんて！　目的の品物を手に入れるなら経緯は関係ないはずです！」

食ってかかるガーネットに、

「どちらにせよ、買った場合は失格だ。なぜなら、その商人に持たせたのは偽物だからな」

あの場では言わなかったが、俺が『虹の涙』を買わなかったのはそれを疑っていたのもある。狩りが行き詰まったタイミングで現れて目的のアイテムを差し出してくる。あまりにもタイミングが良すぎたからな。

「ですが、ティムさんはその取引を受けなかった。私たちとの約束を守ろうとしてくださった。ガーネットよく覚えておきなさい。どのような仕事に就く場合でも、一番大切なのは信頼です。取引相手を謀るような人間は、たとえどれだけ強くても駄目です」

エミリアさんの言葉に、ガーネットは苦い表情を浮かべる。だが、彼女がこれまで依頼に真剣に向き合ってきたのは、エミリアさんの教育を受け、それを身にしてきたからなのだということが俺にはわかった。

「その件に関しては理解しました。ですが、偽物を買うかどうかだけで試験の合否が決まってしまうのは納得できません」

ガーネットの言葉に、

「勿論だ。俺としても、取引は拒否したとしても、ティム君が娘に対して誠実かどうかはわからないからな」

「それについてはどのように判断を？」

俺はウイング氏に聞いた。

エミリアさんがテーブルの上にある布を取り払うと、透明な箱が現れ、中には『虹の涙』が入っていた。

「ガーネット、何か話してみなさい」

「えっ？　急にそんなこと言われても……」

『えっ？　急にそんなこと言われても……』

彼女の表情が強張る。

「嘘っ！　今のって……」

『嘘っ！　今のって……』

ガーネットは両手で口を塞ぐと、大きく目を見開いた。

「これこそが、試験のもう一つの仕掛けだ。この『虹の涙』はドロップする際、必ず対となって現れる。それぞれが『送信』と『受信』の機能を持っているので、ガーネットとティム君の会話はこちらには筒抜けだったというわけだ」

薄々おかしいとは思っていた。

ウイング氏もエミリアさんも、俺が弁明するまでもなく、その場にいたかのように話すことがあった。あれは実際に、俺たちの会話を聞いていたということだろう。

「俺たちは、この『虹の涙』と商人を使い、お前とティム君の人となり、そして強さを試したのだ」

「で、では……私は結局不合格……ですよね？」

ガーネットはそう言うと俯いた。

「確かに、商人に騙されそうになったり、肝心な場面で病に倒れたり、試験期間を最後までやり通せなかった点は見過ごせないな」

「や、やっぱり……」

「だが、真剣に試験に取り組み、ティム君のサポートがあるとはいえ、ダンジョンの低層で狩りをして実績を作った点は認めるべきだろう」

「私たちは、貴女が途中で音を上げるとばかり思っていました。冒険者になるのも、一時の憧れによるもので、実際に冒険をするうちに冷めてしまうものだと」

「御父様、御母様？」

「ガーネット、強くなりましたね」

エミリアさんが目元を拭った。

「そ、それでは……試験は……？」

ガーネットはおそるおそるウイング氏に確認する。

「お前が言うように、ティム君は素晴らしい冒険者だ」

「おそれいります」

俺は頭を下げる。

「お前の力はまだまだだが、見る目だけは確かなようだ。冒険者を続けることで不幸になると考えたが、彼と冒険するのなら幸せになれるかもしれない」

ウイング氏は俺を見て頭を下げる。

「ティム君、不出来な娘で済まないが、これからもガーネットとパーティーを組んではもらえないだろうか？」

「ティム先輩」

三人の視線が俺に集中する。俺は一度深く呼吸すると、

「俺自身まだまだ未熟な身ではありますが、もし本人が望まれるのであれば、これからも彼女と一緒に冒険者を続けたいと思っています」

ここまできたら、俺も素直な気持ちを伝える。

「ガーネット、今後も俺とパーティーを組んでくれるか？」

そう言って手を差し出すと、

ドンッ──


「あらあらまぁまぁ」

「ぐぐっ、そこまで許した覚えはないぞ」

彼女は目に一杯の涙を溜めながら俺の胸へと飛び込んで来た。

「勿論です、ティム先輩と……ティムさんとパーティーが組みたいです。ずっとずっと一緒に……色んな場所に行って、色んな冒険をして……そして……」

その先は言葉にならなかった、ガーネットは泣きだすと俺の胸に顔を埋めたからだ。

エミリアさんに笑顔を向けられ、ウイング氏に睨まれながら彼女をあやす。

しばらくして、落ち着きを取り戻し、彼女が顔を真っ赤にして離れると……。

「そう言えば、試験は結局『虹の涙』がなくてもクリアになったんですよね？」

「ああ、あれは精霊回廊に出現するジュエルエレメントを倒す必要があるからな、流石に無理な課題を設定しすぎたと反省している」

「そうですよ、あなた。流石にあれに挑むのは無謀すぎます」

そんな会話を聞きながら、俺は懐から箱を取り出す。

「では、せっかく取ってきたこれはどうしましょうか？」

「「「はっ？」」」

目の前の『虹の涙』を見て、パセラ伯爵家の一同は口を開けるのだった。

エピローグ

「今日から、しばらくの間は休暇になりますからねっ！」

前を歩くガーネット、彼女はおめかしをしており、機嫌よさそうな表情を浮かべている。

その理由は、これから王都の観光をするためだ。

「あまりよそ見していると人にぶつかるぞ」

「平気です、これでも私『剣聖』なんですから……きゃぁっ！」

言ってる傍からこけた。

「大丈夫か？」

俺は近付くと、彼女の手を取り起こしてやる。

「剣と防具がない分バランスが崩れてしまいました」

ガーネットは俺の手を掴み立ち上がると、恥ずかしそうに笑う。

「それにしても、ティムさんから『王都を案内して欲しい』と頼まれた時はびっくりしましたよ」

今回の件は、俺から頼んだのだ。

「サロメさんからも言われてるからな『あまりコンを詰めないできちんと休むように』ってな」

彼女が怒る顔が目に浮かぶ。

「それで、どこから観て回りたいですか、実は私も家族旅行でしか観光したことがないので、楽しみにしているんです」

そう言うと彼女は観光ガイドブックを片手に聞いてくる。

「そうだな、なるべく退屈しないところ……ダンジョンとか？」

「それじゃあ、今まで通りじゃないですか！　せっかく正式に許可をもらったんです。色んなところに行きましょうよ！」

「ははは、冗談だって」

口元をすぼめるガーネット。

「そういえば、あれから御母様に『虹の涙』を試験に選んだ理由を御聞きしたんですけど……」

彼女はそこまで言うと、フフフと笑った。

「なんでも、御父様も御母様との結婚を反対されていたらしくて、冒険者を雇ってダンジョンに潜ったみたいで、その時に手に入れたのが『虹の涙』だったんだそうです。御母様の実家も御父様の努力を認め、結婚を許してくれたとか」

そのエピソードについてはサロメさんから教えてもらっている。

「この話を聞いて、私もあの二人のように、素敵な関係を築きたいと思うようになったんです」

「そうか、それにはまず相手を探さないとな」

そう言うと、彼女は意味ありげな目で俺を見た。

「あの日した約束、覚えていますか？」

「ガーネットに冒険者を続けさせるって話だろ？」

俺が答えると、

「私の未来も、幸せも、全部責任取ってくださるんですよね？」

「なっ！　あれは……その……」

彼女を説得するために出た言葉だが、意識が朦朧としていたわりにちゃんと覚えていたらしい。

「私の幸せは、こうして冒険者を続け、あなたの隣を歩くこと、これからもよろしくお願いしますね」

「ああ、こっちこそよろしくな」

そう言って手を握ってくるガーネット、そんな彼女の両耳には『虹の涙』が付けられ、太陽の光を浴びて輝いているのだった。

Mま02-04

Fランク冒険者《ぼうけんしゃ》の成《な》り上《あ》がり～俺《おれ》だけができる《ステータス操作《そうさ》》で最強《さいきょう》へと至《いた》る～①

2022年10月3日　第1刷発行

著者　まるせい

発行者　島野浩二

発行所　株式会社双葉社

〒162-8540 東京都新宿区東五軒町3-28
電話　03-5261-4818(営業)
　　　03-5261-4851(編集)
http://www.futabasha.co.jp
(双葉社の書籍・コミック・ムックが買えます)

印刷・製本所　三晃印刷株式会社

フォーマットデザイン　ムシカゴグラフィクス

落丁・乱丁の場合は送料双葉社負担でお取り替えいたします。「製作部」あてにお送りください。
ただし、古書店で購入したものについてはお取り替えできません。
[電話]03-5261-4822(製作部)

定価はカバーに表示してあります。

ISBN978-4-575-75313-4　C0193
Printed in Japan